HEYNE <

Das Buch

Tessa Young ist attraktiv und klug. Sie ist ein Good Girl. An ihrem ersten Tag an der Washington Central University trifft sie Hardin Scott. Er ist unverschämt und unberechenbar. Ein Bad Boy, wie er im Buche steht. Er ist genau das Gegenteil von dem, was Tessa sich für ihr Leben wünscht. Und er ist sexy, gut aussehend und zieht Tessa magisch an. Sie kann nicht anders. Sie muss ihn einfach lieben. Und sie wird nie wieder die sein, die sie einmal war.
Teil 1 des ersten Bandes der international erfolgreichen *After*-Serie, adaptiert als Graphic Novel.

Die Autorin

Anna Todd (Autorin/Produzentin/Influencerin) ist die *New York Times*-Bestseller-Autorin der *After*-Serie. Anna war schon immer eine begeisterte Leserin und begann schließlich, über Wattpad eigene Geschichten zu veröffentlichen. *After* wurde mit über zwei Milliarden Reads zur meistgelesenen Serie auf der Plattform. Die Printausgabe von *After* wurde 2014 erstveröffentlicht. Danach erschien die Serie in 35 Sprachen, verkaufte weltweit über 12 Millionen Exemplare und ist ein internationaler Nummer-1-Bestseller. Anna Todd war als Produzentin und Drehbuchautorin an den Verfilmungen von *After passion* und *After truth* beteiligt. Die aus Ohio stammende Anna lebt derzeit mit ihrem Mann und ihrem Sohn in Los Angeles.

Lieferbare Titel

978-3-453-49116-8 – After passion
978-3-453-49117-5 – After truth
978-3-453-49118-2 – After love
978-3-453-41883-7 – After forever
978-3-453-41969-8 – Before us
978-3-453-41970-4 – Nothing more
978-3-453-41971-1 – Nothing less
978-3-453-42003-8 – Imagines
978-3-453-42004-5 – Spring Girls
978-3-453-58066-4 – The Brightest Stars – attracted
978-3-453-58067-1 – The Brightest Stars – connected

Anna Todd

After passion

Teil 1

Graphic Novel

Aus dem Amerikanischen
von Berenice Koschier

WILHELM HEYNE VERLAG
MÜNCHEN

Die Originalausgabe AFTER: THE GRAPHIC NOVEL (VOLUME ONE)
erschien erstmals 2022 bei Frayed Pages x Wattpad Books.

MIX
Papier aus verantwortungsvollen Quellen
FSC® C021956

Penguin Random House Verlagsgruppe FSC® N001967

Deutsche Erstausgabe 05/2022

Redaktion: Catherine Beck
Printed in Italy
Umschlaggestaltung: Nele Schütz Design unter Verwendung
einer Illustration von Pablo Andrés
Illustrationen im Innenteil von Pablo Andrés

Satz: Uhl + Massopust, Aalen
Druck und Bindung: Alcione Litotipografia
ISBN: 978-3-453-42670-2

www.heyne.de

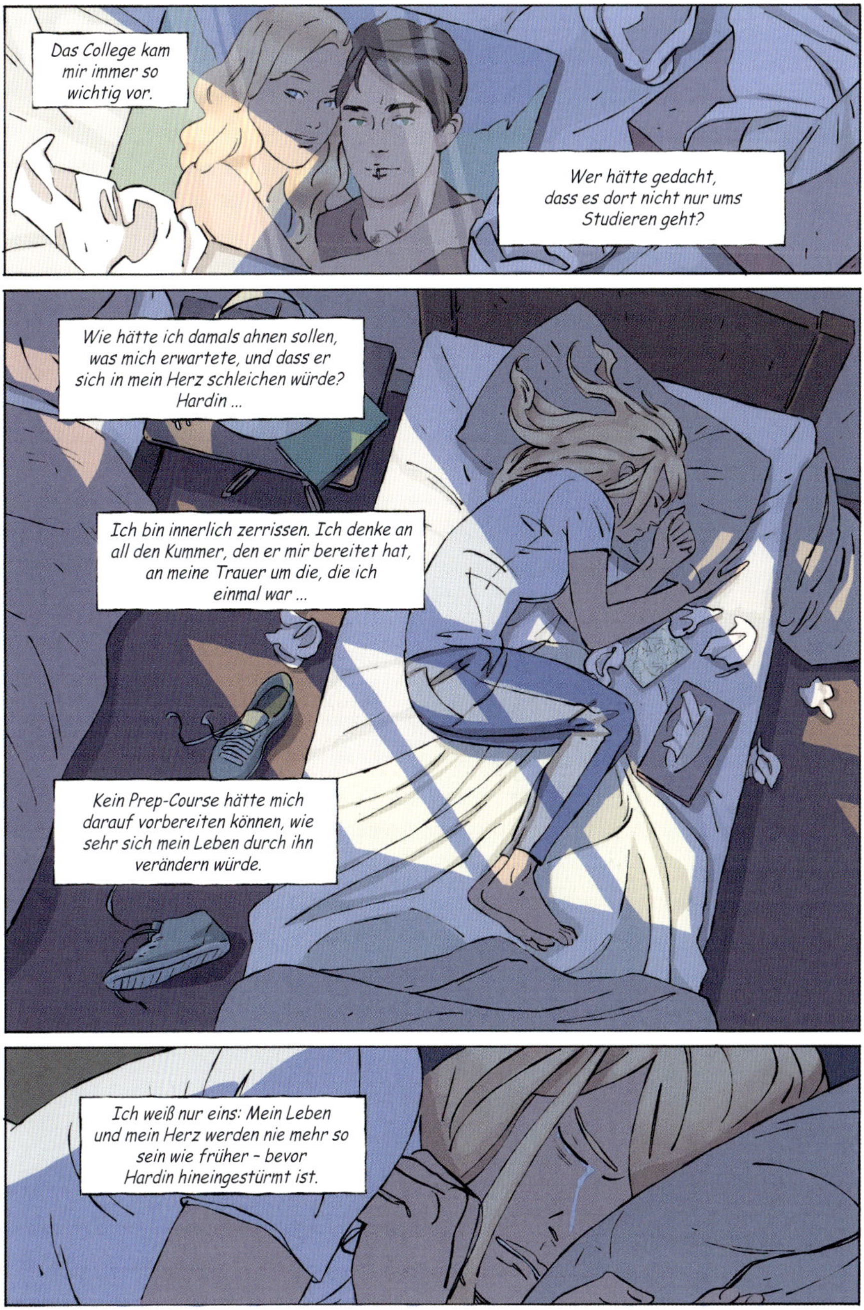
Das College kam mir immer so wichtig vor.
Wer hätte gedacht, dass es dort nicht nur ums Studieren geht?
Wie hätte ich damals ahnen sollen, was mich erwartete, und dass er sich in mein Herz schleichen würde? Hardin ...
Ich bin innerlich zerrissen. Ich denke an all den Kummer, den er mir bereitet hat, an meine Trauer um die, die ich einmal war ...
Kein Prep-Course hätte mich darauf vorbereiten können, wie sehr sich mein Leben durch ihn verändern würde.
Ich weiß nur eins: Mein Leben und mein Herz werden nie mehr so sein wie früher – bevor Hardin hineingestürmt ist.

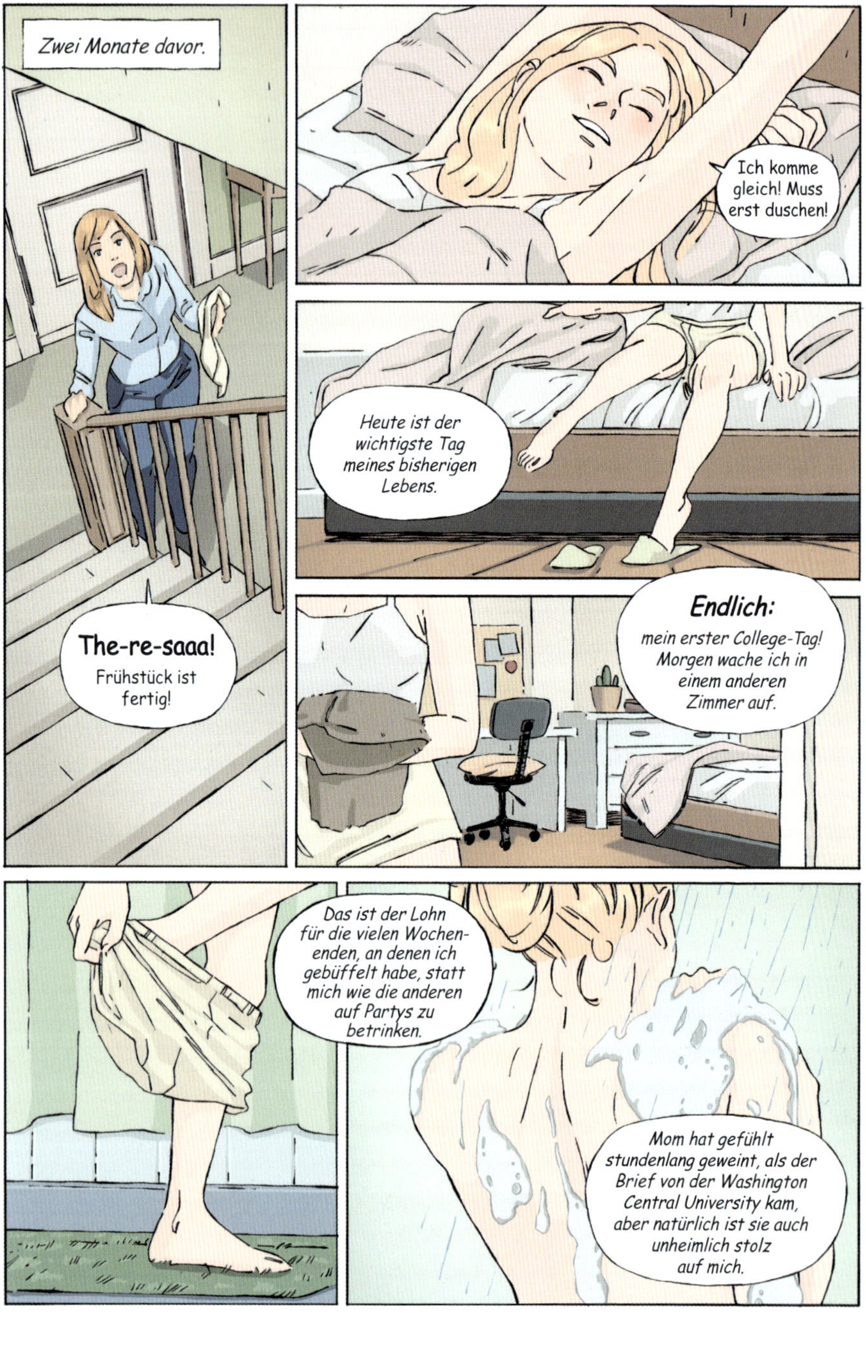
Zwei Monate davor.
The-re-saaa! Frühstück ist fertig!
Ich komme gleich! Muss erst duschen!
Heute ist der wichtigste Tag meines bisherigen Lebens.
Endlich: mein erster College-Tag! Morgen wache ich in einem anderen Zimmer auf.
Das ist der Lohn für die vielen Wochenenden, an denen ich gebüffelt habe, statt mich wie die anderen auf Partys zu betrinken.
Mom hat gefühlt stundenlang geweint, als der Brief von der Washington Central University kam, aber natürlich ist sie auch unheimlich stolz auf mich.

Gott, bin ich nervös, Liebes. Ich hoffe, du kommst zurecht, so weit weg von zu Hause.
Ein Jammer, dass du das Jahr ohne Noah bestreiten musst.
Keine Sorge, das wird schon. Ich komme nach Hause, so oft es geht.
Beeil dich, Noah wird gleich hier sein.
Ich bin fast so weit. Ich bereite mich ja schon seit Monaten auf diesen Tag vor.

Du kommst mich doch besuchen, Noah?
Na klar. Du wirst mir schrecklich fehlen.
Wir müssen los, sonst kommen wir zu spät.
Ich kenne dort keinen ... ganz schön beängs-tigend.
Ohne dich wird mir das Haus so leer vorkommen ...
Mom, du weißt seit achtzehn Jahren, was dich erwartet!
Und ich komme nächstes Jahr nach, Tessa. Wie geplant.

Da wären wir!
Wow! Es sieht echt genauso toll aus wie im Prospekt und auf der Webseite.
WCU
Ich kann es nicht fassen – mein Töchterlein wird flügge und geht aufs College!
Puh, ganz schön was los hier, oder? Ich hoffe mal, dein Zimmer ist –
B22. Das ist es!
B 22

O Gott, wie sieht es denn hier aus?!
Hey, ich bin Steph, deine Mitbewohnerin.
H-hey. Ich bin Tessa.
Willkommen an der WCU, wo die Zimmer winzig und die Partys gigantisch sind.
KLOPF KLOPF!
Hey, bist du Stephs neue Mitbewohnerin?
Äh, ja.
Das ist Tessa. Sie ist cool!
Ich bin Nate. Keine Sorge, es wird dir hier gefallen.
Ich bin so weit, Jungs. Bis nachher, Tessa!

Eine Stunde später und nach einer ausgiebigen Warnung von Mom vor Partys und männlichen Studenten ...
Also, sei vorsichtig, ja, Liebes?
Okay!
Ich warte im Auto auf dich, Noah.
Okay!
Bye, Tessa. Du wirst mir echt fehlen.
Du mir auch, Noah. Wir telefonieren jeden Tag, ja?
Ich melde mich abends.

Wuthering Heights
Puh, was für ein anstrengender Tag. Ich bin völlig k. o.
Und ich fühle mich schon jetzt irgendwie einsam. Zu schade, dass Steph nicht da ist … Auf ihre komischen Freunde kann ich allerdings gut verzichten.
Ich hatte mir alles anders vorgestellt. Na ja, morgen wird es besser.
Oh, Steph ist noch immer nicht zurück?
Na, egal. Ich muss duschen.
Ein eigenes Bad wär mir lieber.

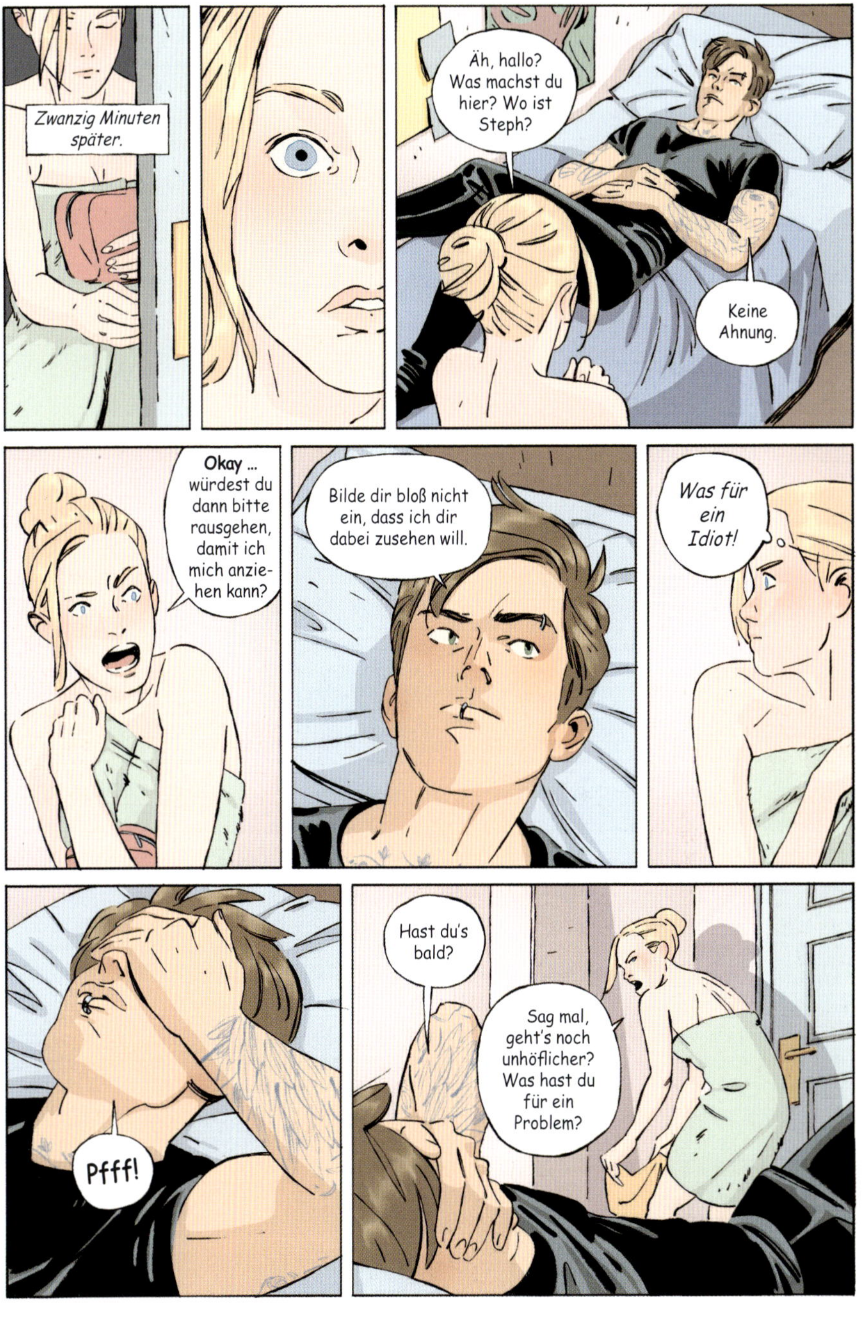
Zwanzig Minuten später.
Äh, hallo? Was machst du hier? Wo ist Steph?
Keine Ahnung.
Okay … würdest du dann bitte rausgehen, damit ich mich anziehen kann?
Bilde dir bloß nicht ein, dass ich dir dabei zusehen will.
Was für ein Idiot!
Pfff!
Hast du's bald?
Sag mal, geht's noch unhöflicher? Was hast du für ein Problem?

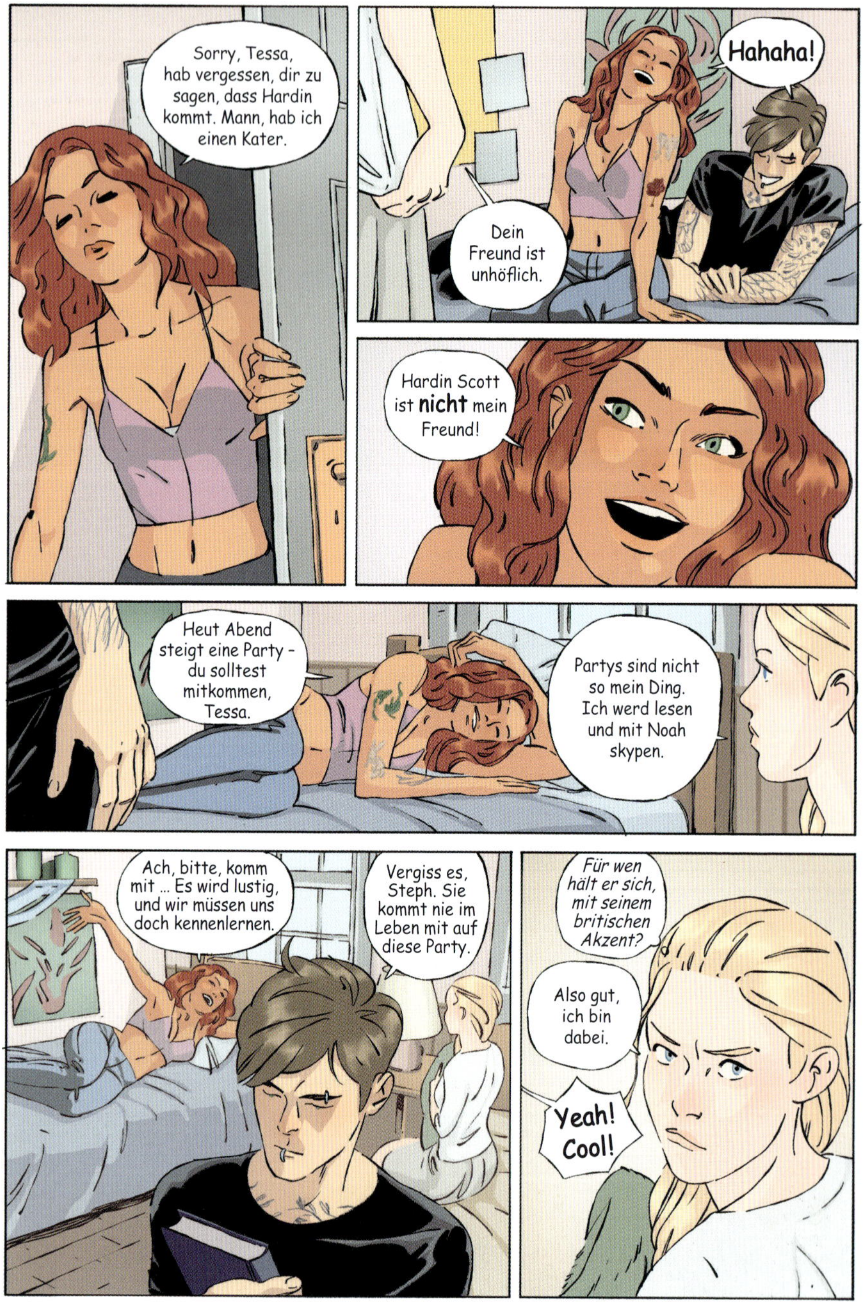
Sorry, Tessa, hab vergessen, dir zu sagen, dass Hardin kommt. Mann, hab ich einen Kater.
Hahaha!
Dein Freund ist unhöflich.
Hardin Scott ist **nicht** mein Freund!
Heut Abend steigt eine Party – du solltest mitkommen, Tessa.
Partys sind nicht so mein Ding. Ich werd lesen und mit Noah skypen.
Ach, bitte, komm mit … Es wird lustig, und wir müssen uns doch kennenlernen.
Vergiss es, Steph. Sie kommt nie im Leben mit auf diese Party.
Für wen hält er sich, mit seinem britischen Akzent?
Also gut, ich bin dabei.
Yeah! Cool!

Bis dann.
Ich bin froh, als er endlich weg ist. Ich bin nervös wegen der Party und will Steph dazu ausfragen.
Wo ist diese Party?
In einer Studentenverbindung – in der mit dem allergrößten Haus.
Es ist nicht auf dem Campus, aber Nate nimmt uns im Auto mit.
Gut, dass wir nicht mit Hardin fahren! Eine unerträgliche Vorstellung.
Wieso ist er so unhöflich? Ich hacke doch auch nicht darauf rum, dass er seinen Körper mit Piercings und Tätowierungen verunstaltet hat!
Okay, Zeit, uns zu stylen.

Das sind doch keine Kleider, das sind ... Stofffetzen!
Wow, bist du verklemmt!
Hat das eigentlich wehgetan?
Die Tattoos? Anfangs ja, aber man gewöhnt sich dran. Es fühlt sich ein bisschen an wie viele kleine Bienenstiche.
Willst du das ernsthaft anziehen?
Was hast du gegen mein Kleid?
Nichts, es ist bloß so ... lang.
Das ist mein Lieblingskleid, und allzu viele andere habe ich nicht.
Es ist hübsch, nur ein bisschen zu edel für eine Party. Willst du dir was von mir leihen?
Danke, Steph, aber ich bleibe bei dem hier.

Wie wär's dann mit ein bisschen Make-up?
Ich weiß doch gar nicht, wie man sich schminkt.
Ähm, etwas Kajal vielleicht?
Hier, violett passt gut zu deinen Augen.
BRRR DRRR BRRR DRRR BRRR DRRR BRRR DRRR BRRR
Nate
Nate ist da.
Hallo-ho!

Voilà ...
Wir gehen aber nicht in die Kirche, sondern auf eine Party, Theresa.
Ich möchte lieber Tessa genannt werden.
Woher weiß er überhaupt, wie ich heiße?

Ein Glück, dass dieser Hardin gleich verschwunden ist. Ich hoffe, den hab ich für heute das letzte Mal gesehen.
Hi! Das ist meine Mitbewohnerin Tessa. Sie ist gestern angekommen.
Willkommen!
Hi!
Ich bin Zed. Was studierst du?
Englisch.
Ha!
Cool. Ich steh auf Blumen.
Blumen? Was meint er damit?
Drink gefällig?
Nein, ich trinke nicht.
Typisch Steph, so 'ne Spießerin anzuschleppen.

Ich bin überhaupt nicht spießig ...
... ich hab mich bloß ordentlich ins Zeug gelegt, um aufs College gehen zu können.
Ich geh mal kurz raus.
Du fehlst mir. Ist nicht so toll hier bisher.
Wieso? Du fehlst mir auch, Tessa.
Shit! Entschuldige.
Ihh, jetzt bin ich klatschnass und stinke nach Alkohol!
Wo ist hier wohl das Klo?

Hoppla!
Kann ich dir helfen?
Äh, sorry, ich ... Ich suche das Klo.
Okay, dann such weiter!
Also, bis jetzt kann ich dem College wenig abgewinnen. Inwiefern soll das hier Spaß machen, bitte?

Ich wasche den Fleck in der Küche raus.
Da werde ich ja hoffentlich keine hormon-gesteuerten Besoffenen beim Rummachen stören.
Herrje.
Na, alles klar?
Äh, nein. Wie lang dauern diese Partys denn so?
Och, so ungefähr bis morgen Mittag ...

Was?! Und wer fährt uns nach Hause?
Keine Ahnung ... Nimm mein Auto, wenn du willst.
Danke, aber das geht nicht. Wenn ich einen Unfall baue ...
Quatsch, du hast doch gar nichts getrunken. Ich kann aber auch mal rumfragen, ob dich irgendjemand –
Nein, danke, lass mal.
Wäre ich doch nur zu Hause geblieben!

11:53pm
Hallo? Tessa?
Tessa? Alles okay?
Tessa, ich mach mir Sorgen. Soll ich deine Mom anrufen?
Bloß nicht, sie wird ausflippen!
Er geht nicht ran. Ich schreibe ihm einfach.
Sie tanzen bloß, Tessa.
Äh, ja, ich weiß ...

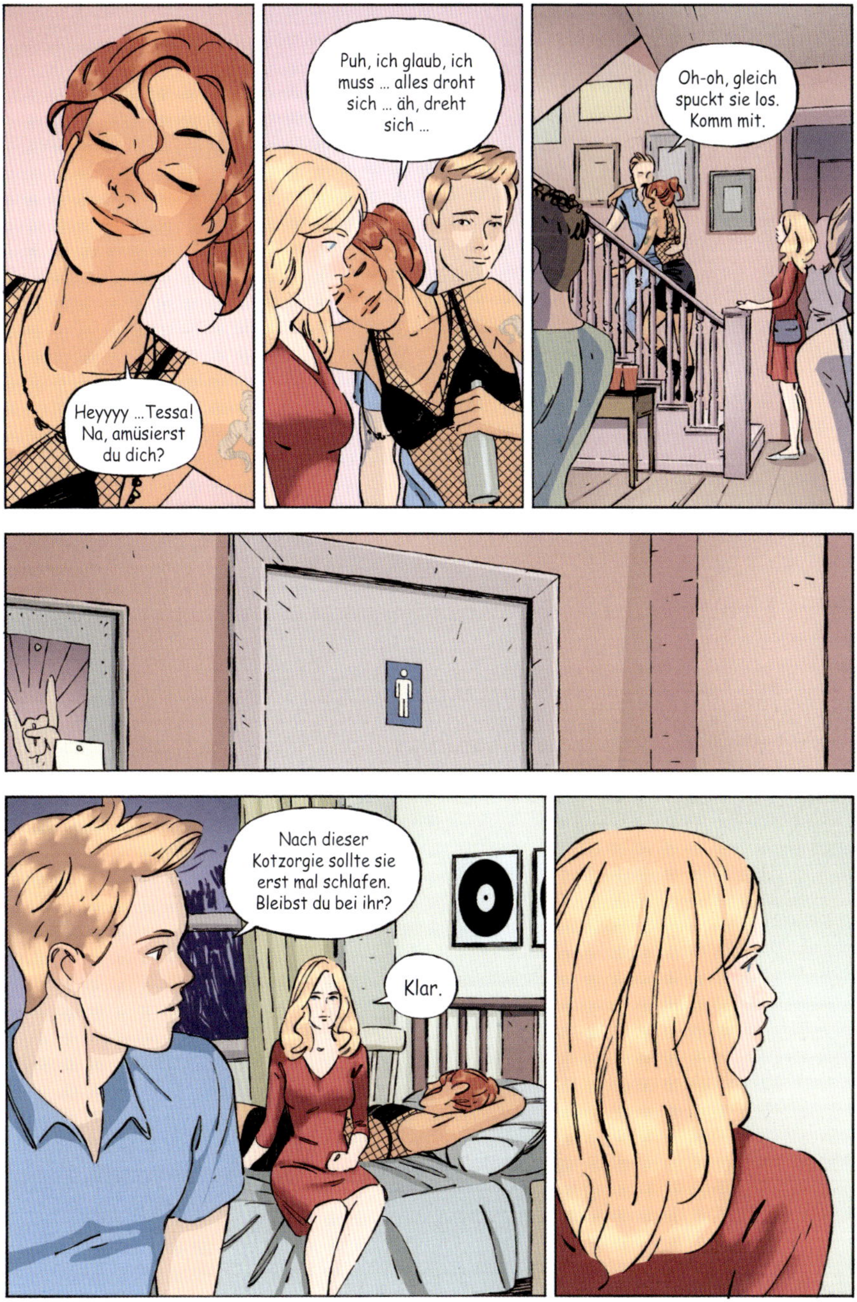
Heyyyy ...Tessa! Na, amüsierst du dich?
Puh, ich glaub, ich muss ... alles droht sich ... äh, dreht sich ...
Oh-oh, gleich spuckt sie los. Komm mit.
Nach dieser Kotzorgie sollte sie erst mal schlafen. Bleibst du bei ihr?
Klar.

Was suchst du in meinem Zimmer?!
Ist er etwa auch in dieser Verbindung?
Pride and Prejudice
Sag schon! Was zum Teufel suchst du hier?
Nate meinte, Steph sollte ihren Rausch ausschlafen.
Aber sicher nicht hier.
Ist das sein Ernst?

Wieso nicht? Ich dachte, ihr seid befreundet.
Ihr habt hier nichts verloren.
Ach so, hier dürfen nur Mädels rein, die mit dir knutschen, ja?
Falls das ein Angebot war, dann nein, danke, du bist nämlich nicht mein Typ.
*Für wen hält er sich? Er ist auch nicht **mein** Typ!*
Tja, dann schaff sie doch **woanders** hin.
Gute Nacht, Theresa.
RUMMS!
Nenn mich gefälligst nicht Theresa!

Draußen kommen mir prompt die Tränen. Bis jetzt ist das College eine krasse Enttäuschung, dabei haben die Vorlesungen noch gar nicht angefangen.
Hm ... Diese ganzen Bücher in seinem Zimmer ... Was will ein tätowierter Typ wie Hardin wohl damit? Ich glaube kaum, dass er auf so was steht. Der liest doch garantiert bloß Bierflaschenetiketten!
Ich habe auf solchen Partys nichts verloren und sollte definitiv nicht mit solchen Leuten abhängen.
Steph ist ja ganz nett, aber Hardin – warum ist er bloß so fies?
Tessa? Ist alles ok?
Geht so. Steph hat mich auf so eine blöde Frat Party geschleppt, und jetzt sitze ich hier fest.

Steph? Ist das diese Rothaarige?
Ja. Sie schläft. Sie ist sturz-betrunken.
Was?! Warum gibst du dich überhaupt mit ihr ab? Du hast solche Leute doch immer gemieden.
Sein herablas-sender Tonfall ärgert mich. Ich wollte Trost, keine Vorwürfe.
Darum geht's doch gar nicht.
KLOPF KLOPF
Da will jemand aufs Klo. Ich ruf dich wieder an.
Ächz. Der schon wieder. Ich erstarre unter seinem Blick.

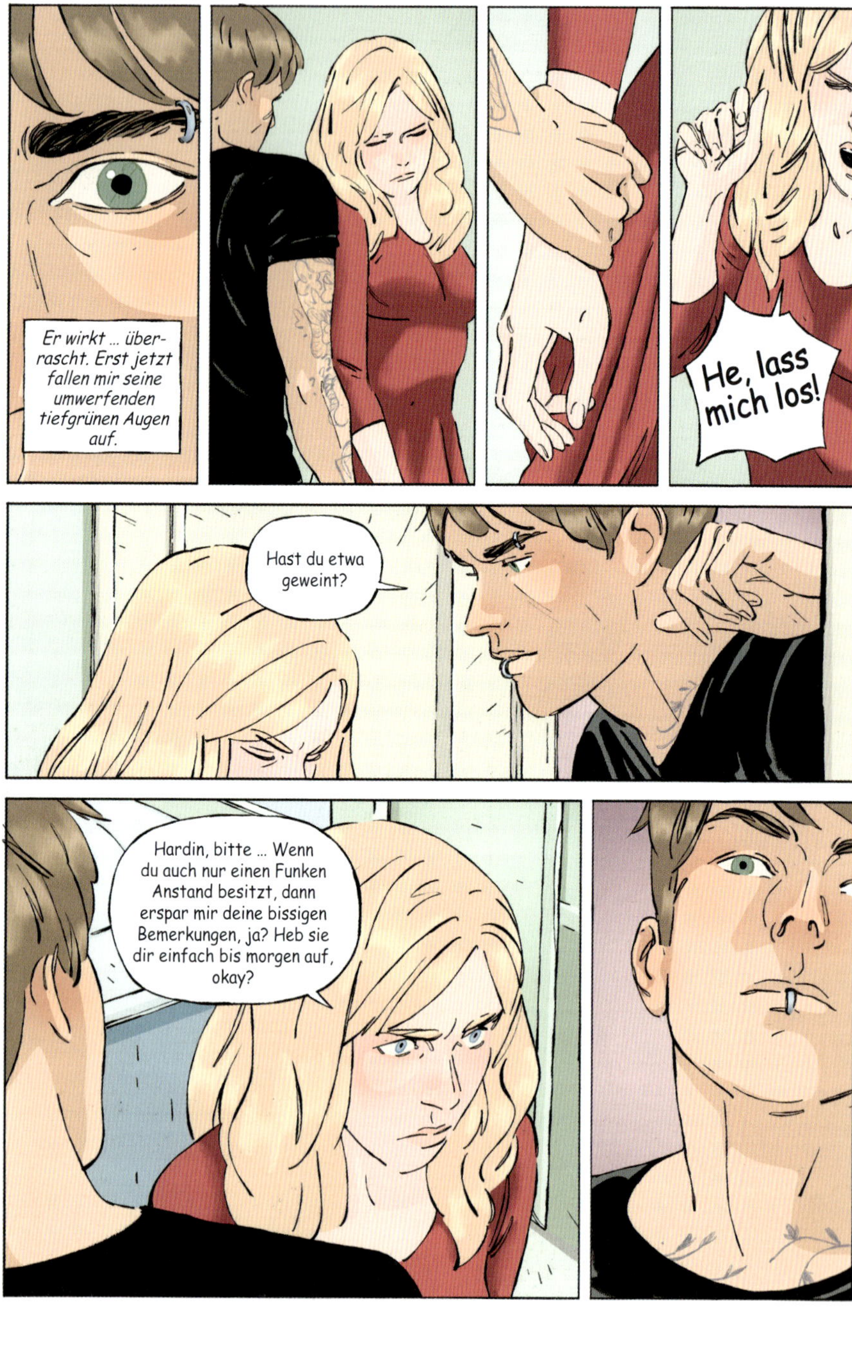
Er wirkt ... überrascht. Erst jetzt fallen mir seine umwerfenden tiefgrünen Augen auf.
He, lass mich los!
Hast du etwa geweint?
Hardin, bitte ... Wenn du auch nur einen Funken Anstand besitzt, dann erspar mir deine bissigen Bemerkungen, ja? Heb sie dir einfach bis morgen auf, okay?

Du kannst in dem Zimmer dort hinten schlafen.
Steph ist schon da.
Was war das denn? Kein einziger fieser Kommentar von Hardin? Na ja, ich wette, morgen holt er alles nach.
ZZZZZZZZZZZZZZZZZZZZZZZ

Als ich aufwache, dauert es einen Moment, bis ich mich an alles erinnere.
Wo bin ich? Wessen Zimmer ist das?
ZZZZZZZZZZZZZZZZZZZZZZ
Ich muss nach Hause.
O Gott!
Ist hier irgendwo eine Bushalte-stelle?
Ja, etwa einen Block weiter.
Verrätst du mir auch, wo genau?
Na, einen Häuserblock entfernt.

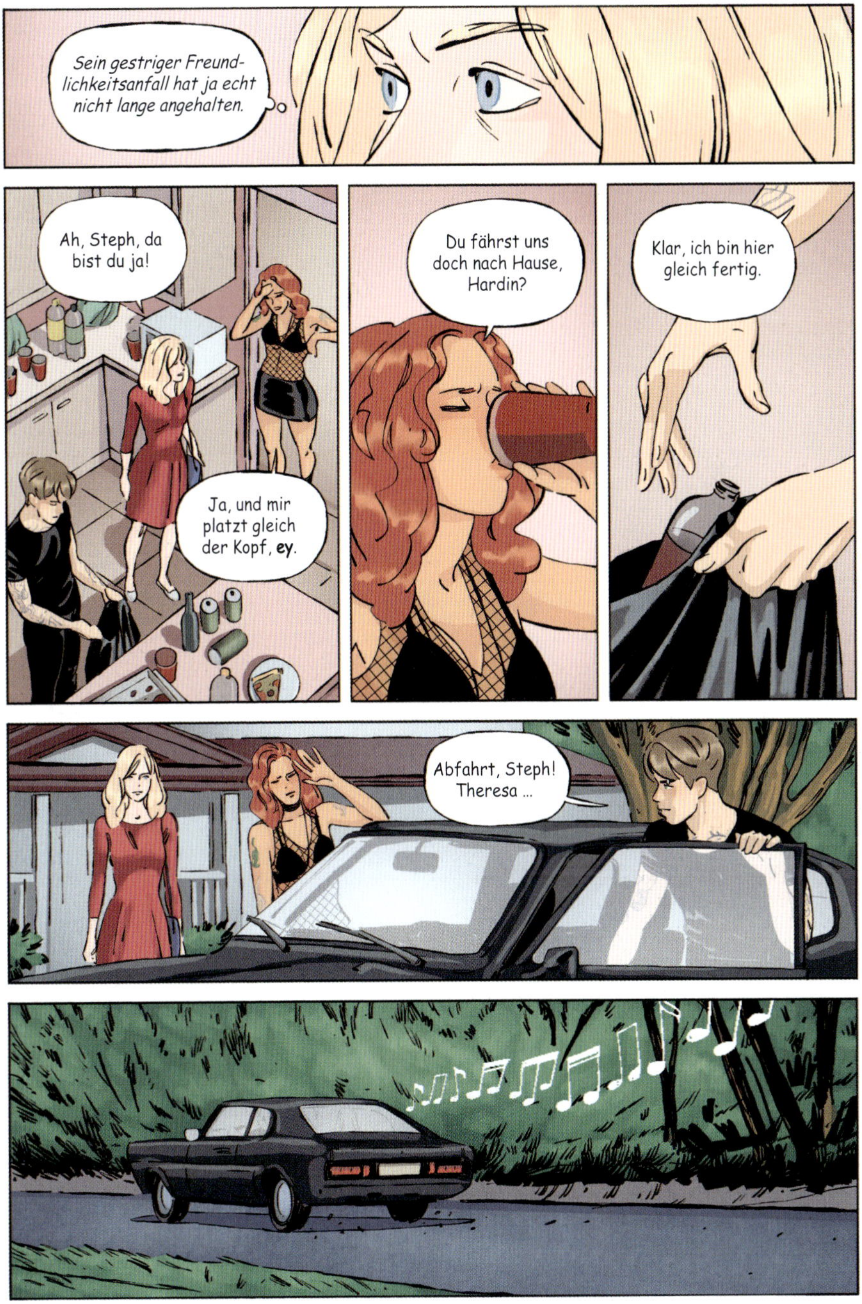
Sein gestriger Freundlichkeitsanfall hat ja echt nicht lange angehalten.
Ah, Steph, da bist du ja!
Ja, und mir platzt gleich der Kopf, **ey**.
Du fährst uns doch nach Hause, Hardin?
Klar, ich bin hier gleich fertig.
Abfahrt, Steph! Theresa …

Gut, dass ich mir den Campusplan angesehen habe.
Bin ich hier richtig? Wo sind die anderen?
Hi, ich heiße Tessa Young.
Hi, Tessa. Ich bin Landon Gibson.
Wir plaudern, bis die Literaturvorlesung beginnt.
Landon studiert auch Englisch und hat eine Freundin namens Dakota. Ich erzähle ihm von Noah.
Landon wirkt nett und so normal, verglichen mit meinen anderen neuen »Freunden«.
Na, toll.
Du kennst Hardin?
Meine Mitbewohnerin ist mit ihm befreundet. Ich mag ihn nicht besonders.

Kennst **du** ihn?
Äh, ja. Er ist ...
Seltsam, seit Hardin hinter uns sitzt, sagt Landon kein Wort mehr. Warum wohl?
Das war's für heute.
Wir sehen uns, Tessa!
Der größte Spießer im Kurs und genau dein Fall, was?
Hör auf. Landon ist supernett, im Gegensatz zu dir.
Du wirst ja von Mal zu Mal kratzbürstiger, Theresa.
Hör endlich auf, mich Theresa zu nennen!
Hör du auf, mich anzuglotzen!

Schon ist Freitag, und meine erste College-Woche geht zu Ende. Bis jetzt finde ich alle Kurse super, und ich kann's kaum erwarten, abends mit Noah zu telefonieren.
Tessa, richtig?
Ja, genau.
Und, kommst du nachher zu der Party?
Ähm, nein, sorry, hab zu tun.
Ach, schade. Zed hätte dich gern wiedergesehen. Er hat erst gestern von dir geredet.
Was? Wohl kaum. Und selbst wenn, ich habe einen Freund.
Ein Jammer. Dann gibt's wohl kein Doppeldate.
Okay, man sieht sich ...
Ein Doppeldate? Etwa mit Hardin? Ist sie seine Freundin?

Pride and Prejudice
Ab Montag geht es eine Woche lang um *Stolz und Vorurteil* von Jane Austen.
Jaa!
Lass mich raten: Du bist komplett in Mr. Darcy verknallt.
Wie jede Frau, die das Buch kennt, ja.
Du kapierst natürlich nicht, was ihn so anziehend macht ...
Hallo? Ich bin Engländer, schon vergessen? Ein dreister Kotz-brocken als Held eines Liebesromans – wenn Elizabeth auch nur einen Funken Verstand besäße, würde sie ihm gleich am Anfang sagen, er soll sich verpissen.
Das sagt der Richtige, ey.

Ach bitte, komm doch mit! Diesmal bleiben wir auch nicht über Nacht.
Heute nicht, ich hab noch zu tun.
O nein, mein Laptop ... !
Tot. So ein Mist.
Ich würde dir ja gern meinen leihen, aber der ist bei Nate. Siehst du? Das ist ein Zeichen.
Hmpf ...
Ich will hier nicht allein rumhocken und Däumchen drehen.
Okay, aber wir sind vor zwölf wieder hier.

Nate ist schon auf der Party. Molly holt uns ab.
Ich glaub, sie mag mich nicht.
Quatsch. Sie ist bloß kratzbürstig und etwas zu direkt. Sie fühlt sich wohl von dir eingeschüchtert.
Eingeschüchtert? Von mir? Wieso das denn, um Himmels willen?
Na ja, weil du so anders bist als wir, schätze ich.
Also, für mich seid **ihr** diejenigen, die „anders" sind …
Keine Sorge, heute ist sie sicher anderweitig beschäftigt.
Mit Hardin?
Eher mit Zed. Sie wechselt die Typen wöchentlich. Und Hardin vögelt zwar alle Mädchen, aber er lässt sich nie auf Beziehungen ein.
Oh.

Diese Party ist genau wie die neulich.
Dann lieber im Bett liegen und die Decke anstarren.
Du siehst ja so ... anders aus. Heute passen dir die Klamotten.
Hätte dich nicht hier erwartet.
Ich bin selbst etwas überrascht.

Zeit für Wahrheit oder Pflicht!
Spiel doch auch mit, Tessa.
Danke, keine Lust.
Dafür müsste sie ja glatt mal ihre Verklemmtheit über Bord werfen.
Idiot. Ich bin zwar alles andere als wild, aber auch keine Nonne.
Während der ersten Runde muss Zed eine Bierdose auf ex trinken …
… und Molly ihren Busen entblößen. Steph bekennt, dass ihre Brustwarzen gepierct sind.
Wahrheit oder Pflicht, Theresa?
Wahrheit.
So, ich bin dran mit Fragenstellen. Bist du noch Jungfrau, Tessa?

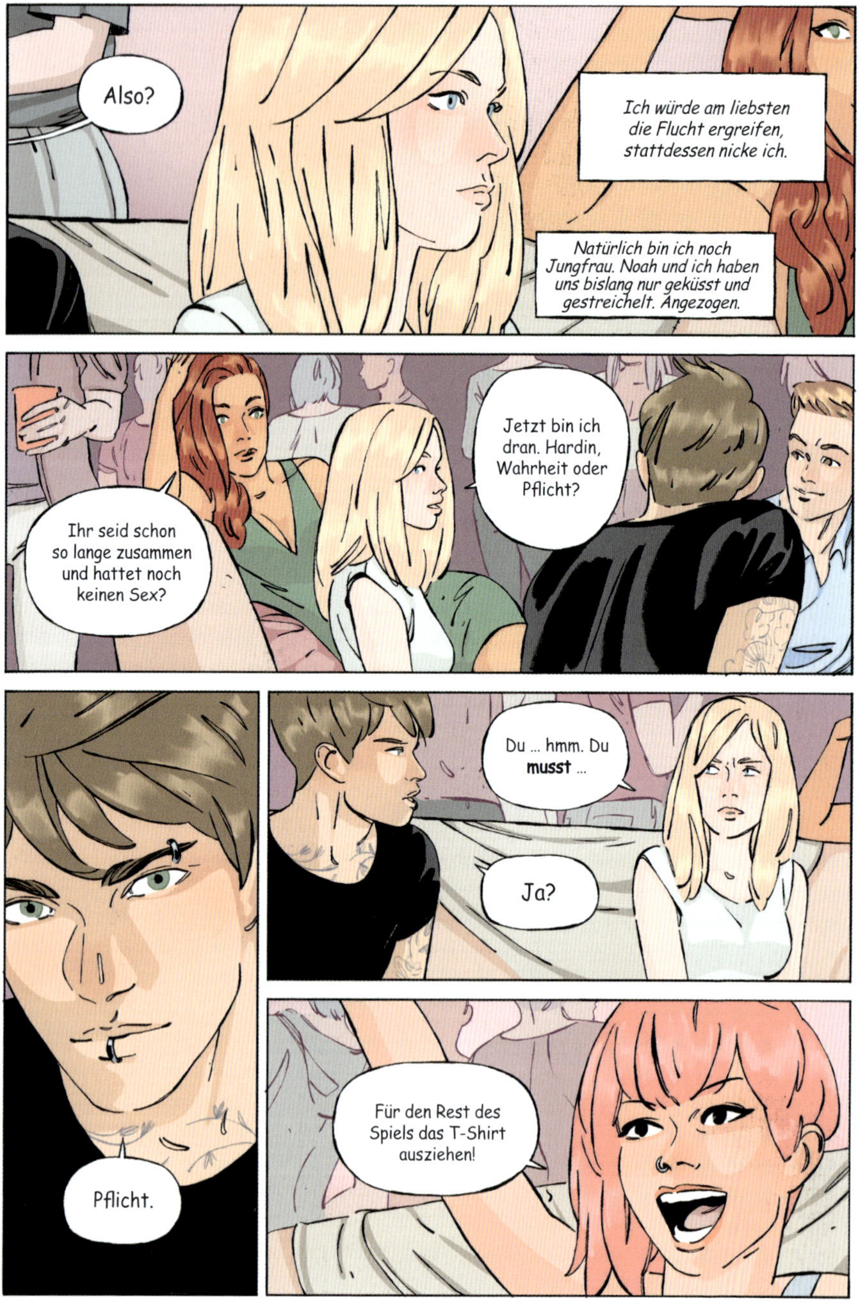
Also?
Ich würde am liebsten die Flucht ergreifen, stattdessen nicke ich.
Natürlich bin ich noch Jungfrau. Noah und ich haben uns bislang nur geküsst und gestreichelt. Angezogen.
Ihr seid schon so lange zusammen und hattet noch keinen Sex?
Jetzt bin ich dran. Hardin, Wahrheit oder Pflicht?
Pflicht.
Du ... hmm. Du **musst** ...
Ja?
Für den Rest des Spiels das T-Shirt ausziehen!

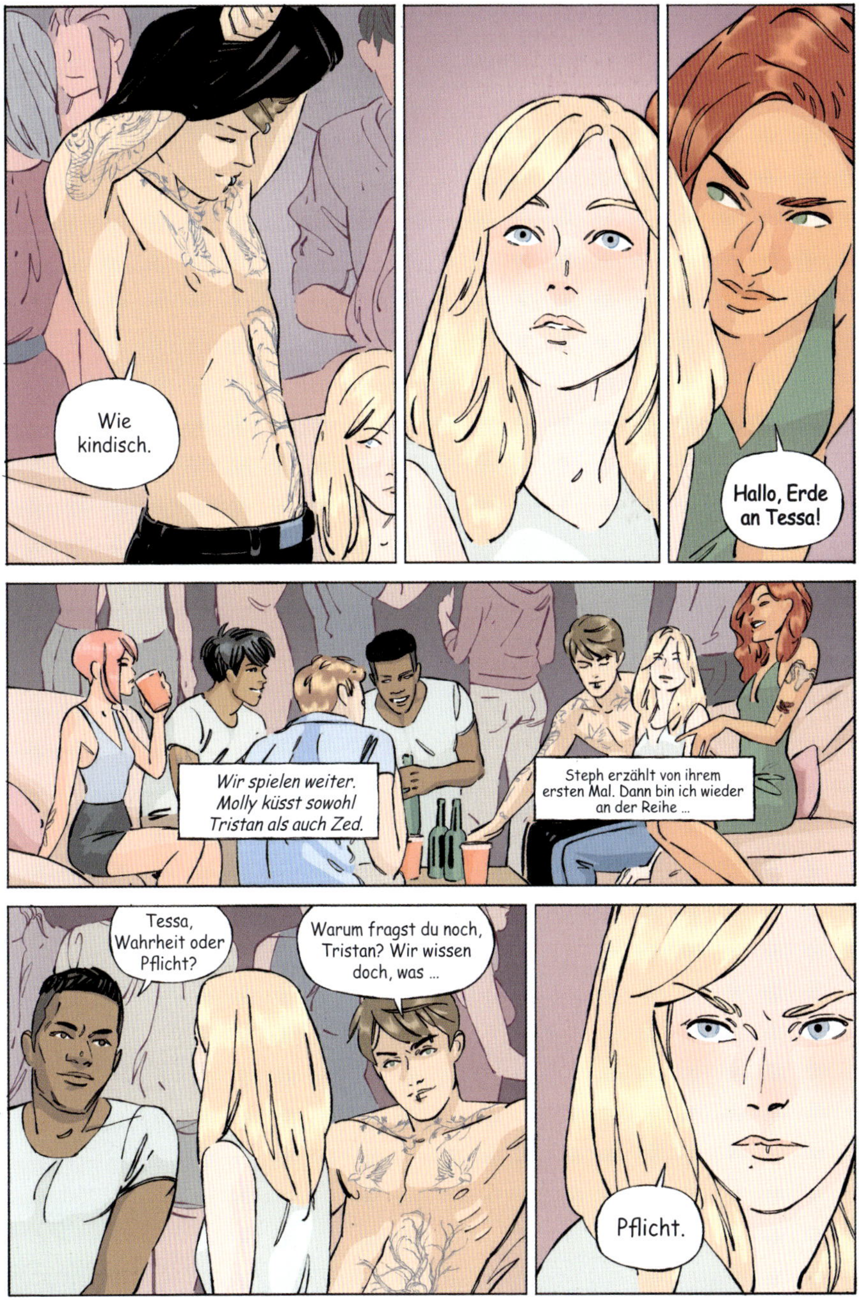
Wie kindisch.
Hallo, Erde an Tessa!
Wir spielen weiter. Molly küsst sowohl Tristan als auch Zed.
Steph erzählt von ihrem ersten Mal. Dann bin ich wieder an der Reihe …
Tessa, Wahrheit oder Pflicht?
Warum fragst du noch, Tristan? Wir wissen doch, was …
Pflicht.

Hmm ... Tessa, nimm einen Schluck Wodka.
Ich trinke nicht.
Genau deshalb sollst du ja.
Hahaha!
Hör mal, wenn du nicht willst ...
Na gut, einen Schluck.
Ich erwarte ein weiteres verächtliches Schnauben von Hardin, doch er mustert mich nur mit einem seltsamen Blick.
Puh, das Zeug brennt bis in den Magen runter.

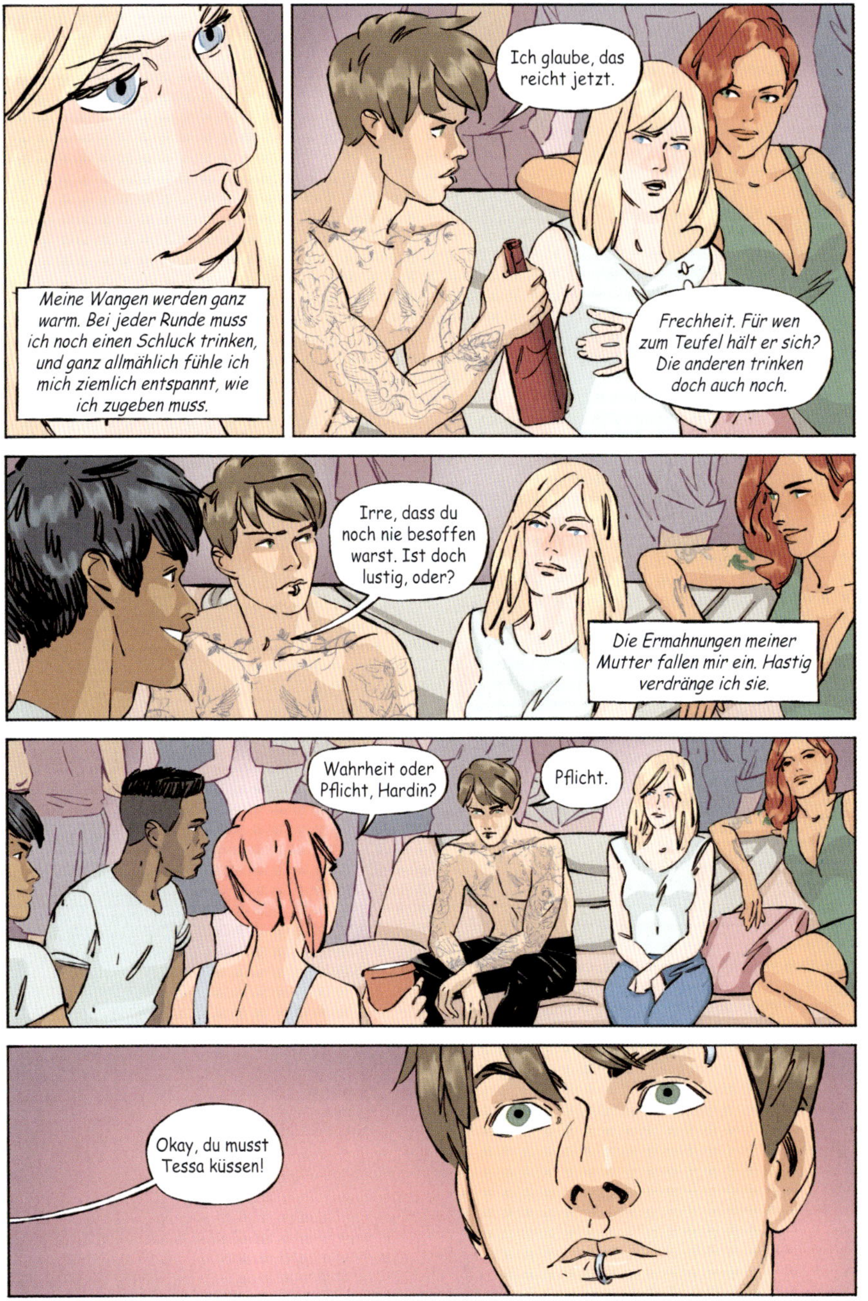
Meine Wangen werden ganz warm. Bei jeder Runde muss ich noch einen Schluck trinken, und ganz allmählich fühle ich mich ziemlich entspannt, wie ich zugeben muss.
Ich glaube, das reicht jetzt.
Frechheit. Für wen zum Teufel hält er sich? Die anderen trinken doch auch noch.
Irre, dass du noch nie besoffen warst. Ist doch lustig, oder?
Die Ermahnungen meiner Mutter fallen mir ein. Hastig verdränge ich sie.
Wahrheit oder Pflicht, Hardin?
Pflicht.
Okay, du musst Tessa küssen!

Nein! Ich hab einen Freund!
Außerdem macht mir Hardin Angst.
Hahaha!
Ist doch bloß ein Spiel.
Ich küsse ihn ganz sicher nicht!
Mir doch egal, ob ihn das kränkt. Er ist unhöflich und kann mich ganz offensichtlich nicht leiden.
Alles okay, Tessa?
Nein, mir ist schwindlig. Und übel.
Spielt ruhig weiter. Bin gleich zurück.

Geh ran, Noah ...
Hallo?
Heeey, Babe.
Tessa, bist du **betrunken**?
Nein, natürlich nicht.
Ich muss mich hinlegen.
Hm ... warum schließt Hardin eigentlich nicht ab, wenn er nicht will, dass jemand sein Zimmer betritt?
Pride and Prejudice
Bronte
Stolz und Vorurteil ... Sturmhöhe ... *Er liest also doch.*

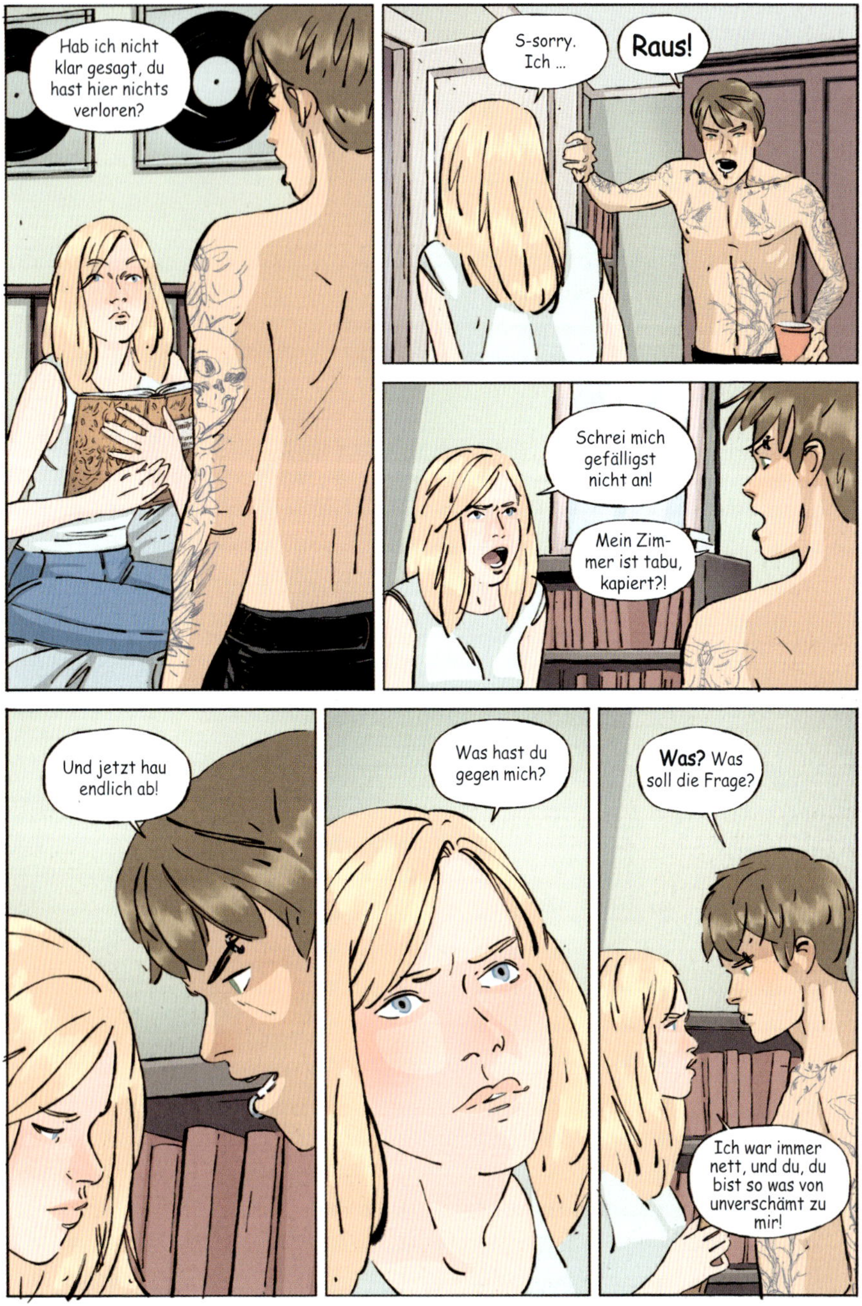
Hab ich nicht klar gesagt, du hast hier nichts verloren?
S-sorry. Ich ...
Raus!
Schrei mich gefälligst nicht an!
Mein Zimmer ist tabu, kapiert?!
Und jetzt hau endlich ab!
Was hast du gegen mich?
Was? Was soll die Frage?
Ich war immer nett, und du, du bist so was von unverschämt zu mir!

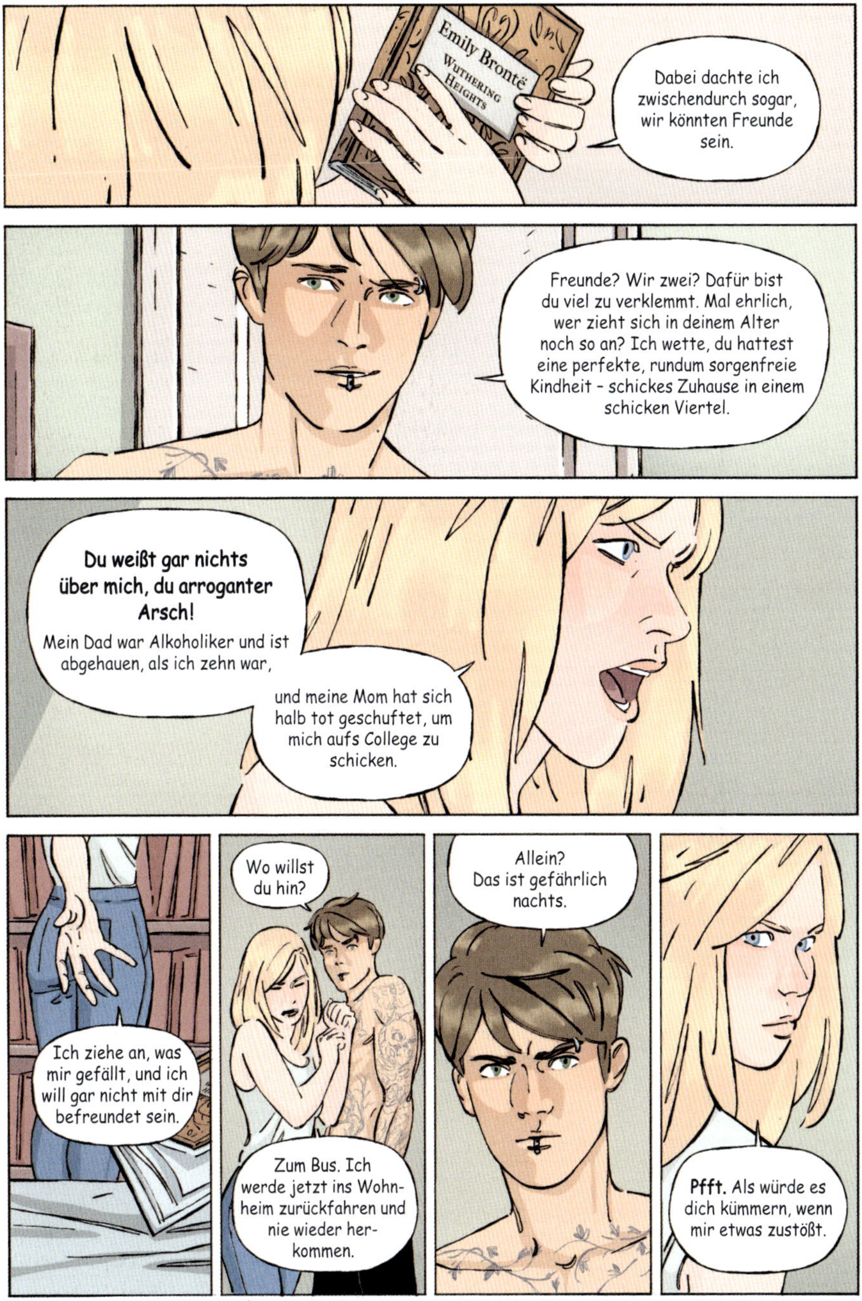
Emily Brontë
Wuthering Heights
Dabei dachte ich zwischendurch sogar, wir könnten Freunde sein.
Freunde? Wir zwei? Dafür bist du viel zu verklemmt. Mal ehrlich, wer zieht sich in deinem Alter noch so an? Ich wette, du hattest eine perfekte, rundum sorgenfreie Kindheit - schickes Zuhause in einem schicken Viertel.
Du weißt gar nichts über mich, du arroganter Arsch! Mein Dad war Alkoholiker und ist abgehauen, als ich zehn war,
und meine Mom hat sich halb tot geschuftet, um mich aufs College zu schicken.
Ich ziehe an, was mir gefällt, und ich will gar nicht mit dir befreundet sein.
Wo willst du hin?
Zum Bus. Ich werde jetzt ins Wohnheim zurückfahren und nie wieder herkommen.
Allein? Das ist gefährlich nachts.
Pfft. Als würde es dich kümmern, wenn mir etwas zustößt.

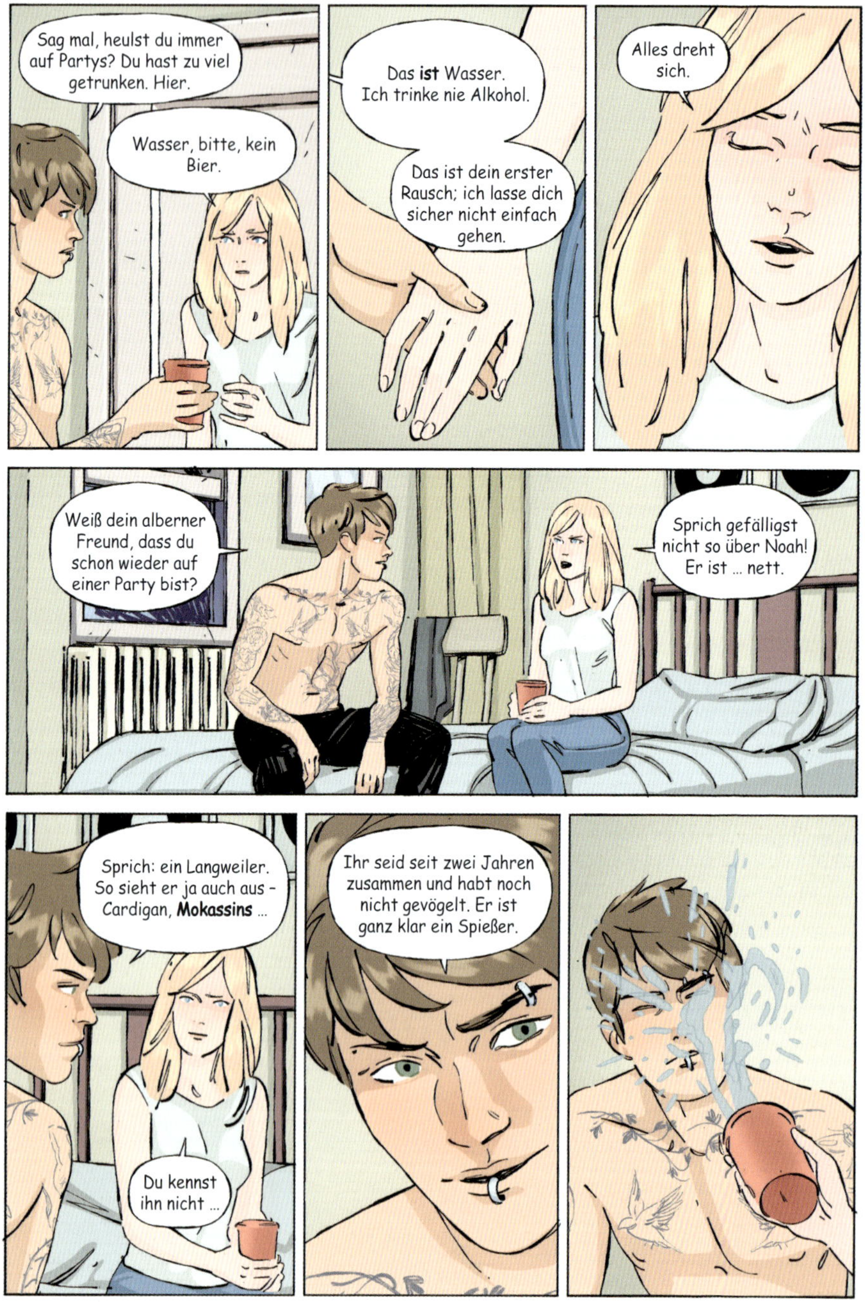

Sag mal, heulst du immer auf Partys? Du hast zu viel getrunken. Hier.
Wasser, bitte, kein Bier.
Das **ist** Wasser. Ich trinke nie Alkohol.
Das ist dein erster Rausch; ich lasse dich sicher nicht einfach gehen.
Alles dreht sich.
Weiß dein alberner Freund, dass du schon wieder auf einer Party bist?
Sprich gefälligst nicht so über Noah! Er ist … nett.
Sprich: ein Langweiler. So sieht er ja auch aus – Cardigan, **Mokassins** …
Du kennst ihn nicht …
Ihr seid seit zwei Jahren zusammen und habt noch nicht gevögelt. Er ist ganz klar ein Spießer.

Was für ein Idiot.
Und wo steckt Steph schon wieder?
Hey, Tessa!
Steph ist eben gegangen … Ich dachte eigentlich, mit dir.
Im Ernst? Was zum …?!
Das ist Logan, ein Freund.
Nach ein paar Drinks fühle ich mich großartig. Deshalb trinken wohl alle ständig.
Zed and Logan sind viel netter und lustiger als Hardin. Ich muss so lachen, dass mir der Bauch wehtut.

Fahren die Busse eigentlich noch?
Um drei Uhr nachts? Vergiss es. Du sitzt also schon wieder hier fest.
Hier gibt's genügend Schlafgelegenheiten. Wir helfen dir bei der Suche.
Na also, ein leeres Bett.
ZZZZZZZZZZZZ
Schlaf etwas. Gute Nacht!

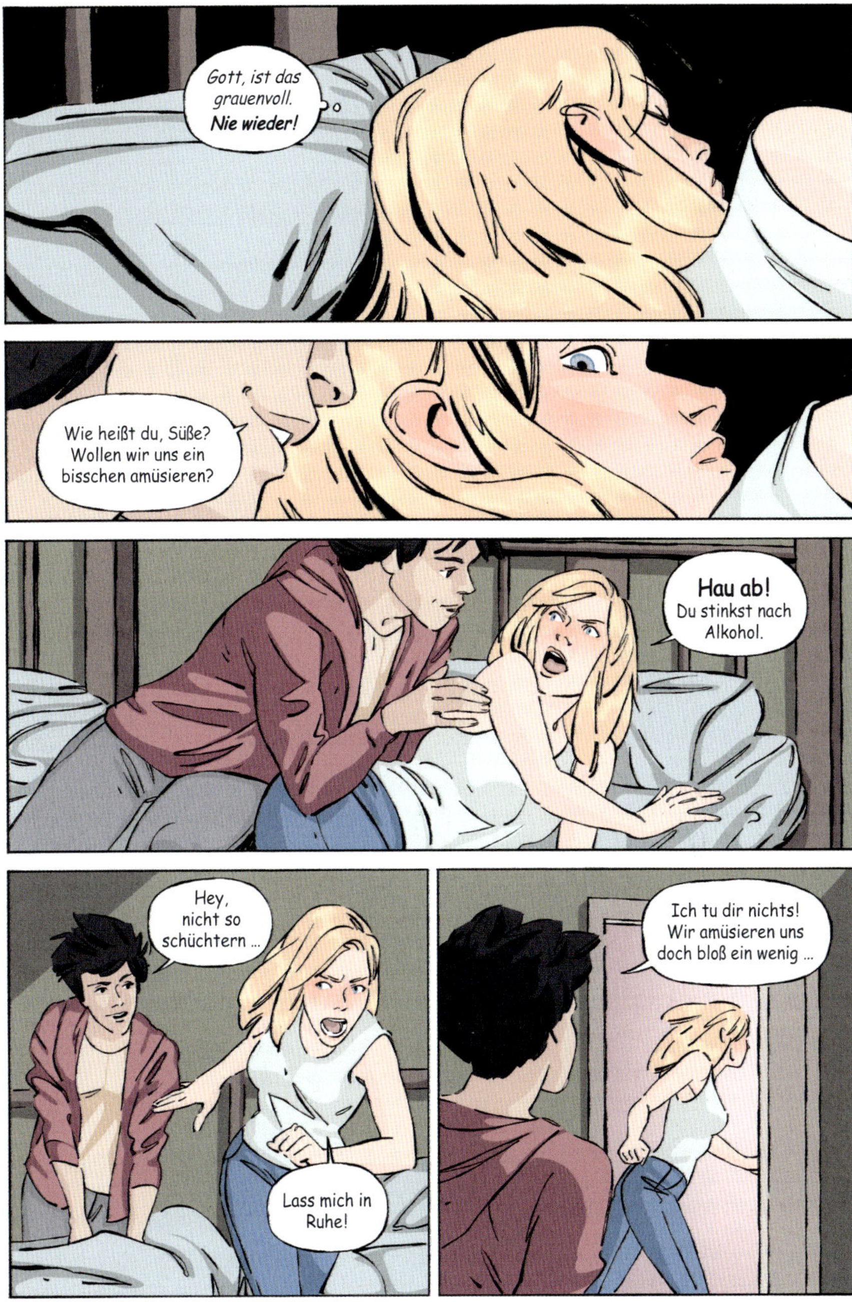
Gott, ist das grauenvoll. **Nie wieder!**
Wie heißt du, Süße? Wollen wir uns ein bisschen amüsieren?
Hau ab! Du stinkst nach Alkohol.
Hey, nicht so schüchtern ...
Lass mich in Ruhe!
Ich tu dir nichts! Wir amüsieren uns doch bloß ein wenig ...

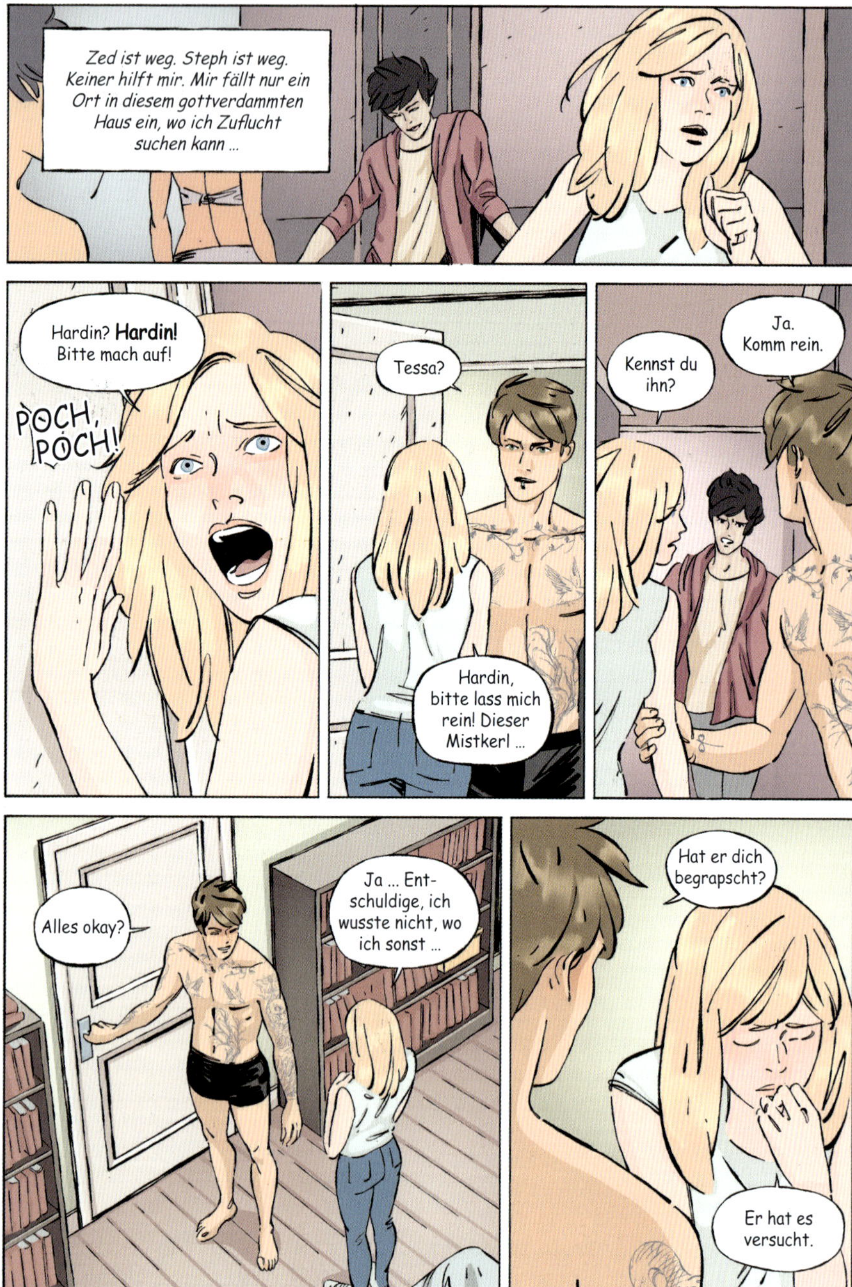
Zed ist weg. Steph ist weg. Keiner hilft mir. Mir fällt nur ein Ort in diesem gottverdammten Haus ein, wo ich Zuflucht suchen kann ...
Hardin? **Hardin!** Bitte mach auf!
POCH, POCH!
Tessa?
Hardin, bitte lass mich rein! Dieser Mistkerl ...
Kennst du ihn?
Ja. Komm rein.
Alles okay?
Ja ... Entschuldige, ich wusste nicht, wo ich sonst ...
Hat er dich begrapscht?
Er hat es versucht.

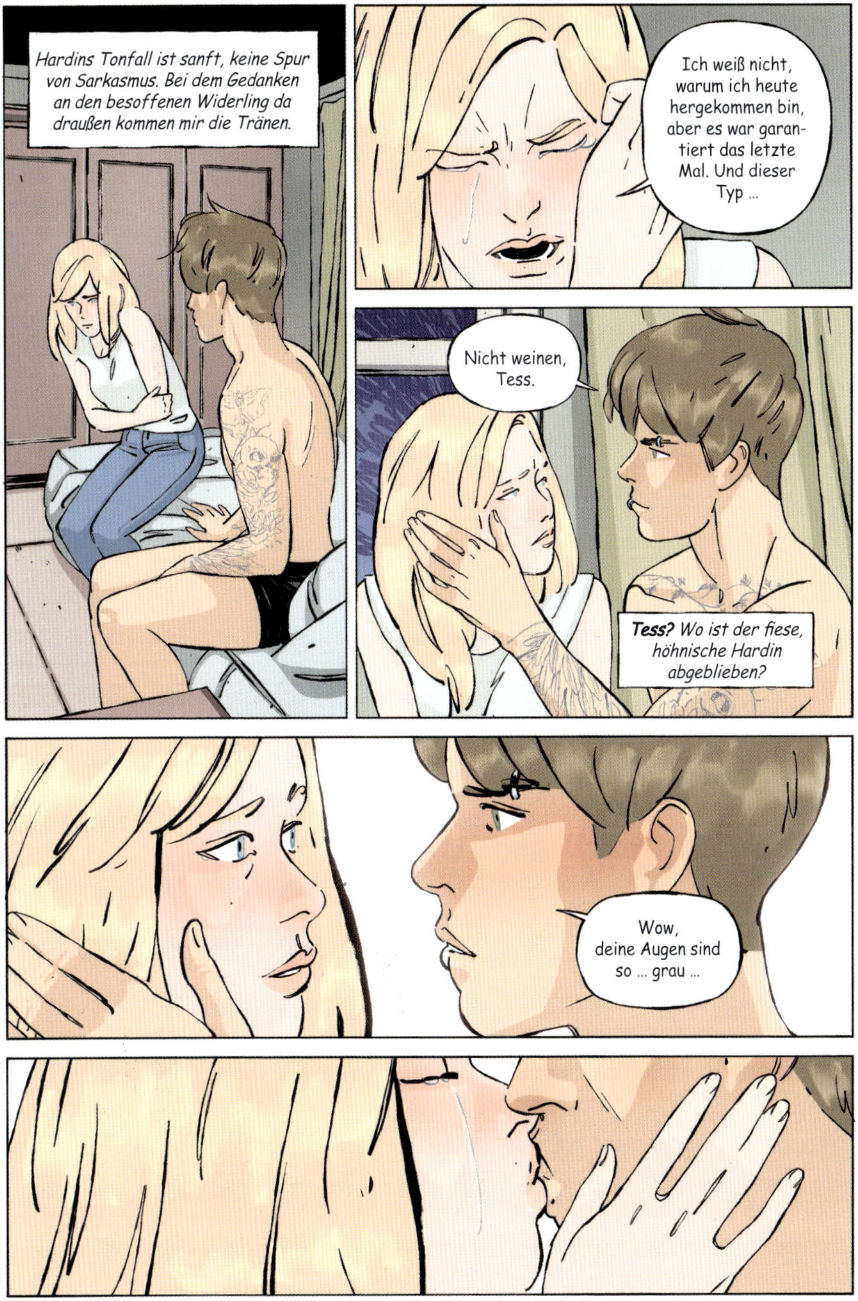
Hardins Tonfall ist sanft, keine Spur von Sarkasmus. Bei dem Gedanken an den besoffenen Widerling da draußen kommen mir die Tränen.
Ich weiß nicht, warum ich heute hergekommen bin, aber es war garantiert das letzte Mal. Und dieser Typ ...
Nicht weinen, Tess.
Tess? Wo ist der fiese, höhnische Hardin abgeblieben?
Wow, deine Augen sind so ... grau ...

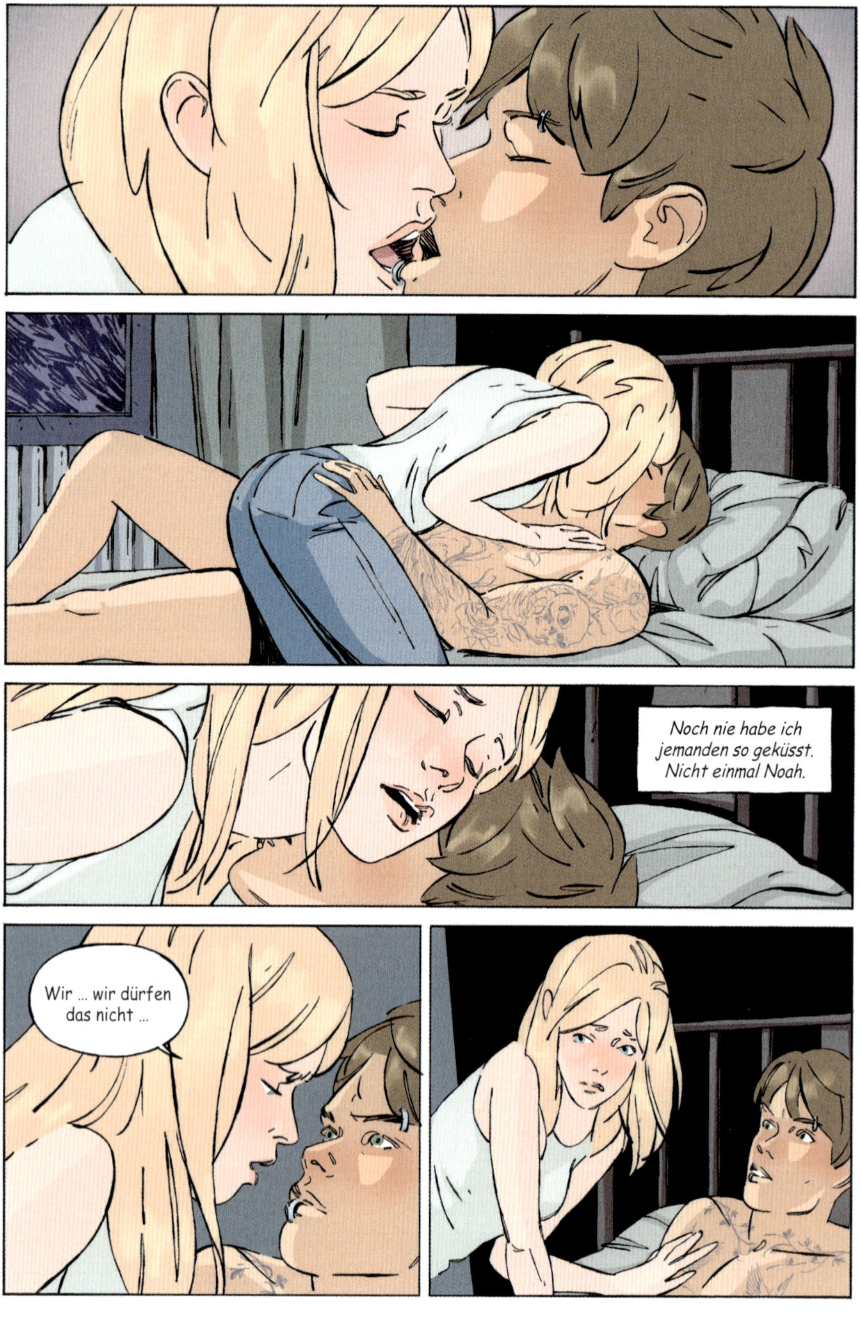
Noch nie habe ich jemanden so geküsst. Nicht einmal Noah.
Wir ... wir dürfen das nicht ...

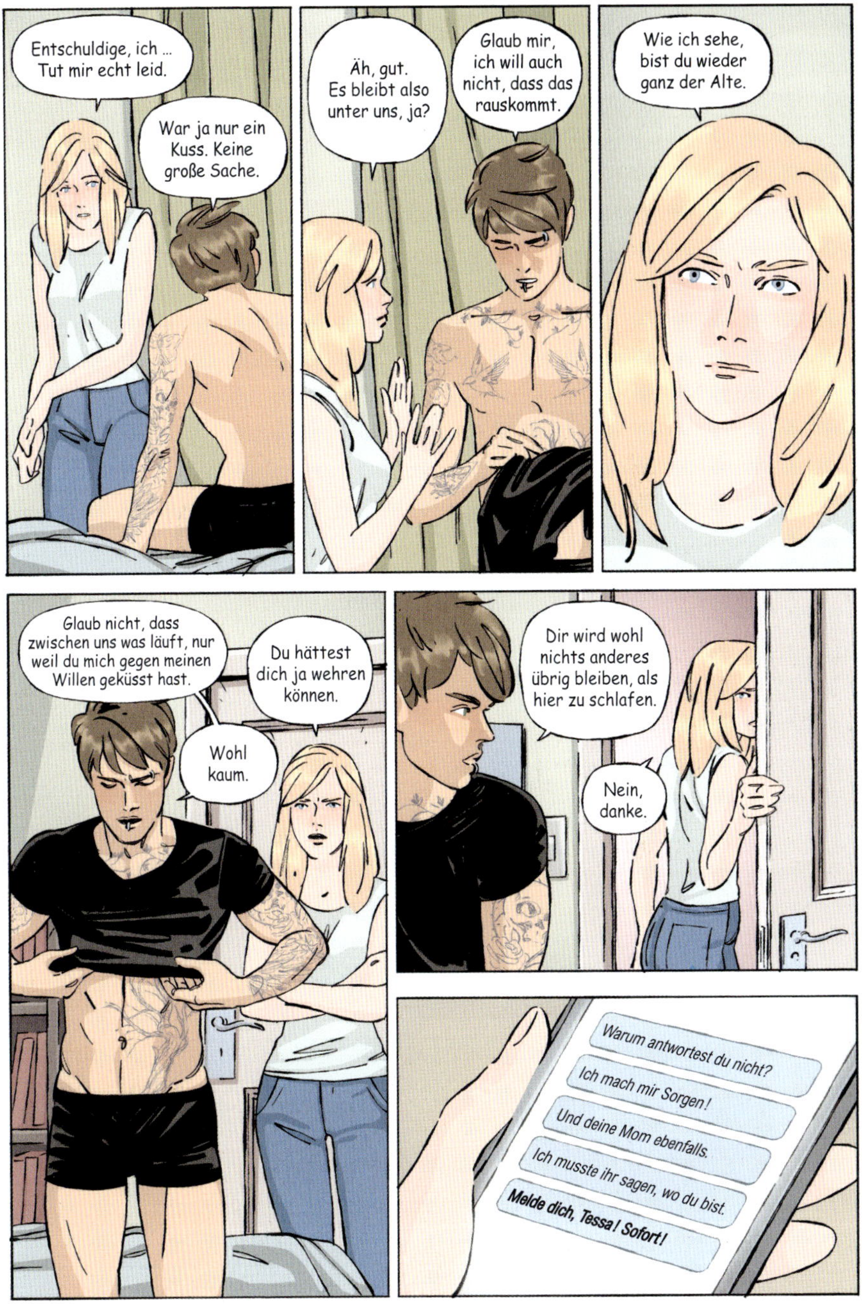
Entschuldige, ich ... Tut mir echt leid.
War ja nur ein Kuss. Keine große Sache.
Äh, gut. Es bleibt also unter uns, ja?
Glaub mir, ich will auch nicht, dass das rauskommt.
Wie ich sehe, bist du wieder ganz der Alte.
Glaub nicht, dass zwischen uns was läuft, nur weil du mich gegen meinen Willen geküsst hast.
Du hättest dich ja wehren können.
Wohl kaum.
Dir wird wohl nichts anderes übrig bleiben, als hier zu schlafen.
Nein, danke.
Warum antwortest du nicht?
Ich mach mir Sorgen!
Und deine Mom ebenfalls.
Ich musste ihr sagen, wo du bist.
Melde dich, Tessa! Sofort!

Es ist fast sechs. Nicht zu fassen, wie lange der Fußmarsch zum Wohnheim gedauert hat … Was soll ich bloß Noah und Mom erzählen?
Es war ein Riesenfehler, ihn zu küssen. Warum hab ich das getan?
B22
Das darf doch nicht wahr sein!
Wo warst du? Ich bin stundenlang rumgefahren auf der Suche nach dir!
Raus hier, Hardin. **Los, raus!**
Theresa, ich …
Theresa? **Theresa Young**, mach sofort die Tür auf!
KLOPF! KLOPF!
O Gott, meine Mutter.

Los, ab in den Schrank!
Ich werd mich sicher **nicht** verstecken! Du bist **achtzehn**.
Aufmachen!
KLOPF! KLOPF! KLOPF!
Ich weiß, er hat recht, aber er kennt Mom nicht.
Hi! Was macht ihr denn hier?
Ach, deshalb gehst du nicht ans Telefon – weil so ein ... Tätowierter bei dir ist, und das um sieben Uhr morgens?!
Das treibst du hier also, junge Dame? Du machst die Nächte durch und nimmst Jungs mit nach Hause? Noch dazu solche wie **den** da!

Sie hat nichts Falsches getan. Ich bin eben erst gekommen.
Wer redet denn mit Ihnen? **Ich jedenfalls nicht.**
Mutter!
Du verwilderst ja förmlich, Theresa. Ich rieche deine Fahne bis hierher. Das College verdirbt dich!
Ich bin achtzehn und war immer abstinent. Und es stimmt, ich habe nichts Falsches getan. Mir geht's gut.
Mein Akku war leer. Tut mir leid, dass ihr deshalb extra hergefahren seid.
Zeit zu gehen, junger Mann.

Versprich mir, dass du diese Leute künftig meidest.
QUIETSCH
Mom hält mir eine zwanzigminütige Strafpredigt. Ich nicke nur.
Nach dieser Nacht habe ich wirklich nicht die geringste Lust auf weitere Scherereien.
Okay, wie wär's mit Frühstück? Und danach kannst du uns alles zeigen.
Als ich Hardin sehe, würde ich Noah am liebsten meine Hand entziehen.
Der ist mir echt unsympathisch.
Und mir erst.
Aber das ist gelogen.

Das Frühstück mit Noah und Mom zieht sich ziemlich hin.
Mom kommt immer wieder auf meine »wilde Nacht« zurück. Allmählich reicht es mir.
Ich würde gern ein Praktikum machen, vielleicht in einem Verlag oder so ...
Ach richtig, du wolltest dir ja einen Nebenjob suchen.
Das wär großartig – am besten in einem Unternehmen, das dich nach dem Studium übernimmt.
Ich gehe ein bisschen shoppen. Ich melde mich dann in einer Stunde.
Ist gut!

Was war das denn?
Äh, nichts. Du hast mir eben gefehlt.
Warum küsst er mich nicht? Sieht er nicht die Verzweiflung in meinem Blick?
Sein Kuss ist sanft und zärtlich, aber er entfacht keinerlei Feuer in mir ... Nicht wie Hardin.
Ich wünschte, es wäre alles wieder so wie früher ...

Na, Theresa, wie war dein Wochenende?
STUDENT UNION
Selbstgefälliger Idiot.
Er geht dir auf die Nerven, stimmt's?
Und wie.
Zumindest siehst du ihn nicht andauernd ...
Wie meinst du das?
Hardins Dad ist mit meiner Mom zusammen. Ich wollte nichts sagen, weil ich nicht will, dass du mich mit ihm in Verbindung bringst.
Sein Dad ist **hier**? Ich dachte, seine Eltern leben in England.
Mom wohnt mit seinem Dad hier in der Nähe, aber Hardin versteht sich nicht mit ihm.
Sprich ihn also nicht darauf an, ja?

Schön,
dass du da warst!
Du fehlst mir.
Ich fühl mich furchtbar, weil ich Hardin geküsst habe. Noah ist so süß. Er hat es nicht verdient, betrogen zu werden. Ich bin so froh, dass ich ihn habe.
Er war immer für mich da und kennt mich besser als sonst irgendjemand.
Du trinkst zu viel! Ich will die Scheidung!
Ich war so froh, als er in unsere Nachbarschaft gezogen ist – endlich jemand in meinem Alter!
Wir haben oft zusammen gelesen oder Filme geguckt … oder uns im Wintergarten, meinem Rückzugsort, verkrochen.

KLOPF! KLOPF!
Steph hat wohl den Schlüssel vergessen.
Falls du zu Steph willst, sie ist noch nicht da.
Ich kann warten.
Was guckst du so?
Du bist ja ein ziemlicher Ordnungsfanatiker, hm?
Heb das auf!

He, hör auf!
Ach, du magst es auch nicht, wenn man deine Sachen anfasst?
Ich möchte schreien, er soll mich loslassen und abhauen, aber ich kann nicht.
Wie hypnotisiert starre ich in seine grünen Augen.
Hardin ...

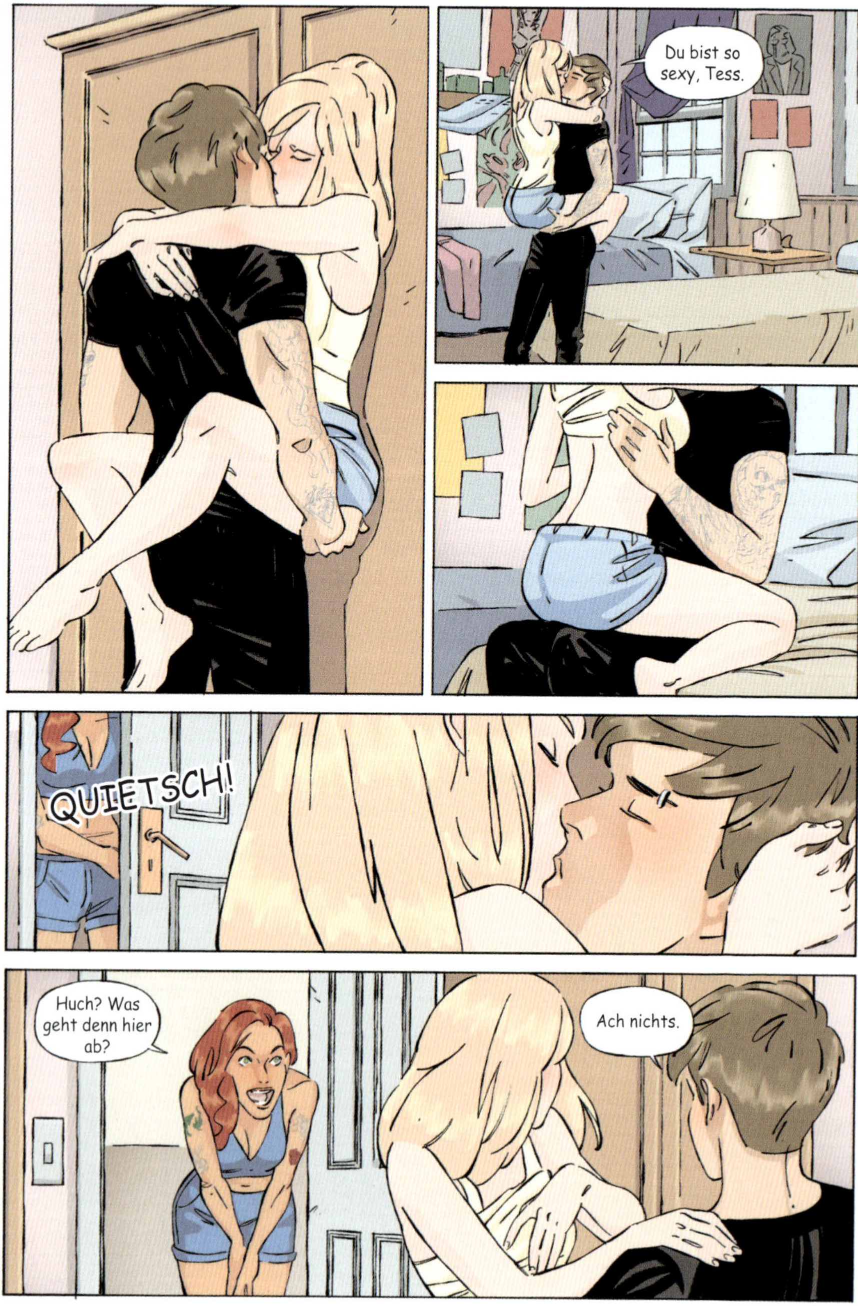
Du bist so sexy, Tess.
QUIETSCH!
Huch? Was geht denn hier ab?
Ach nichts.

Was zum Geier war das, Tessa?
Du und Hardin – ihr habt was miteinander?
Nein. Ich bin vergeben, schon vergessen?
Und? Du kannst dich doch trotzdem mit Hardin amüsieren. Ich dachte bloß, ihr hasst euch.
Man kann viel Spaß mit Hardin haben, aber er könnte dir auch gefährlich werden. Lass dich nur mit ihm ein, wenn du sicher bist, dass du nichts für ihn empfindest.
Er ist sehr ... aktiv und hat schon so einigen das Herz gebrochen, die in ihn verliebt waren.
Das bin ich nicht, Steph. Ich habe keine Ahnung, was ich mir dabei gedacht hab.

Heute geht es das letzte Mal um *Stolz und Vorurteil*. Ich würde gern mit Ihnen über Jane Austens Gebrauch der Andeutung reden.
Haben Sie bei der ersten Lektüre erwartet, dass Miss Bennet und Mr. Darcy ein Paar werden?
Also, ich bin jedes Mal wieder total gespannt, ob die beiden am Ende zusammenkommen oder nicht.
Es erscheint mir immer so unwahrscheinlich, dass sie ihm verzeiht, weil er doch so fies ist und so schlecht über sie und ihre Familie redet.
Bullshit.
Haben Sie dem etwas hinzuzufügen, Mr. Scott?
Ja, allerdings – sie findet ihn doch gerade wegen seiner Unhöflichkeit so **anziehend**. Völlig klar also, dass sie zusammenkommen. Alle Frauen wollen das Unerreichbare.
Das stimmt doch überhaupt nicht!

Mr. Darcy ist nur gemein zu ihr, weil er zu stolz ist, zuzugeben, dass er sie liebt.
Sobald er damit aufhört, merkt sie, dass er sie eigentlich liebt.
Ich weiß ja nicht, auf was für Typen du so stehst, aber ich glaube, wenn er sie lieben würde, wäre er nicht so fies zu ihr.
Er hält am Ende doch nur deshalb um ihre Hand an, weil sie sich ihm in einer Tour an den Hals wirft.
Von an den Hals werfen kann keine Rede sein! Er manipuliert sie und nutzt ihre Schwächen aus!
Ach, komm – ihr langweiliges Leben ödet sie dermaßen an, dass die Gute förmlich nach ein bisschen Aufregung lechzt!
Wenn er nicht so eine männliche Schlampe wär, würde er die Finger von ihr lassen, statt in ihrem Zimmer aufzukreuzen!
Okay ... Sehr lebhafte Diskussion ... Ich schätze, das genügt für heute ...
Lauf nicht schon wieder weg, Theresa!

Was willst du, Hardin? Mir erzählen, wie nötig ich's hab, und mich auslachen, weil ich machtlos gegen dich bin?
Erst bist du nett und Sekunden später total gehässig. Aber ich bin da raus. Such dir gefälligst eine andere für deine Spielchen!
Ich hab's so satt! Ich mach da nicht länger mit!
Ich hab nämlich einen Freund, der mich liebt. Und du bist ein Mistkerl!
Ich bring deine schlimmste Seite zum Vorschein, was?
Ich spiele keine Spielchen mit dir.
Was dann? Deine Launen machen mich nämlich echt fertig!

Weiß ich doch auch nicht. Du hast mich zuerst geküsst, schon vergessen?
Weil ich betrunken war! Und gestern hast du mich zuerst geküsst.
Hättest dich ja wehren können. Wenn du an mich denkst ...
... schlägt dein Herz schneller, und du hast dabei so ein Gefühl ... **da unten**, stimmt's?
Du irrst dich.
Von wegen. Ich irre mich nie.
Ich habe einen Freund.
Einen, der dich langweilt. Gib es zu, Tess - du bist noch nie berührt worden. Jedenfalls nicht **richtig**.
Das geht dich gar nichts an.
Du ahnst nicht, wie gut sich das anfühlen kann.

Ich weiß nicht, wieso ich mir das anhöre.
Theresa! Es tut mir leid. Komm zurück, ja?
Meine Füße reagieren und kehren um, ehe mein Hirn eingreifen kann.
Können wir uns bitte entweder aus dem Weg gehen oder Freunde sein? Ich kann mich echt nicht andauernd mit dir streiten.
Ich will dir nicht aus dem Weg gehen.
Ich meine ... das dürfte schwierig werden, schließlich ist deine Mitbewohnerin eine meiner besten Freundinnen. Ich schätze, wir sollten versuchen, Freunde zu sein.
Okay, meinetwegen. Freunde?
Freunde.

Und zwar **ohne** gewisse Vorzüge, klar?
Wie kommst du denn darauf?
Tu nicht so, Steph hat mir alles erzählt, von euch beiden und all den anderen Mädels.
Haha ... Bist du etwa eifersüchtig?
Kein bisschen. Diese Mädchen tun mir leid.
Nicht nötig, glaub mir. Sie genießen es.
Okay ... Können wir jetzt bitte das Thema wechseln?
Gut. Äh, lass uns morgen nach dem Kurs was zusammen machen.
Dafür sind unsere Interessen viel zu unterschiedlich.
Tja, dann opfern wir eben nur ein paar Katzen, fackeln bloß ein paar Häuser ab. Im Ernst, lass uns irgendwas Schönes unternehmen. Wird dir guttun.
Ich habe das dumpfe Gefühl, in eine Falle getappt zu sein.

Tags darauf, nach dem Seminar ...
Endlich ein freier Nachmittag!
Du sagst es!
Und, Tessa, Lust auf Kino?
Tessa und ich haben schon was vor.
Hopp, hopp!
Wo fahren wir hin?
An einen meiner Lieblingsorte.
Und wo ist der?
Du mit deinem Kontrollzwang ... Wart's ab, wir sind gleich da.

Wo bringt er mich hin? Wir sind hier mitten in der Pampa.
Keine Sorge, ich hab nicht vor, dich umzubringen.
Und was machen wir jetzt hier?
Erst mal gehen wir ein Stück.

Wir sind mutterseelenallein - keine Autos, keine Häuser, nur Natur.
Wieso ziehst du dich aus? Gehst du schwimmen?
Jep, und du auch. Mache ich andauernd.
Vergiss es. Da geh ich **garantiert** nicht rein.
Es ist so klar, dass man bis zum Grund sehen kann.
Von Schwimmen war nie die Rede. Ich habe keinen Bikini dabei.

Sag bloß, du gehörst zu den Mädchen, die keine Unterwäsche tragen?
Na also. Geh einfach in Slip und BH rein.
Ganz sicher nicht! Ich werde dir zusehen.
Spielverderberin. Du verpasst was!
Das Wasser ist ganz warm, Tessa. Wenn du reinkommst, beantworte ich eine deiner aufdringlichen Fragen.
Er ist so rätselhaft. Das ist meine Chance, eins dieser Rätsel zu lösen.

Zieh zumindest die Schuhe aus und tauch die Füße rein.
Ist doch toll, nicht? Spring rein!
Schon, aber ich will nicht mit nassen Kleidern zurückfahren.
Nimm mein T-Shirt.
Okay, aber du drehst dich um, während ich mich umziehe, ja?
Beeil dich, sonst dreh ich mich um!
Nicht gucken!
Okay, ich komme ...

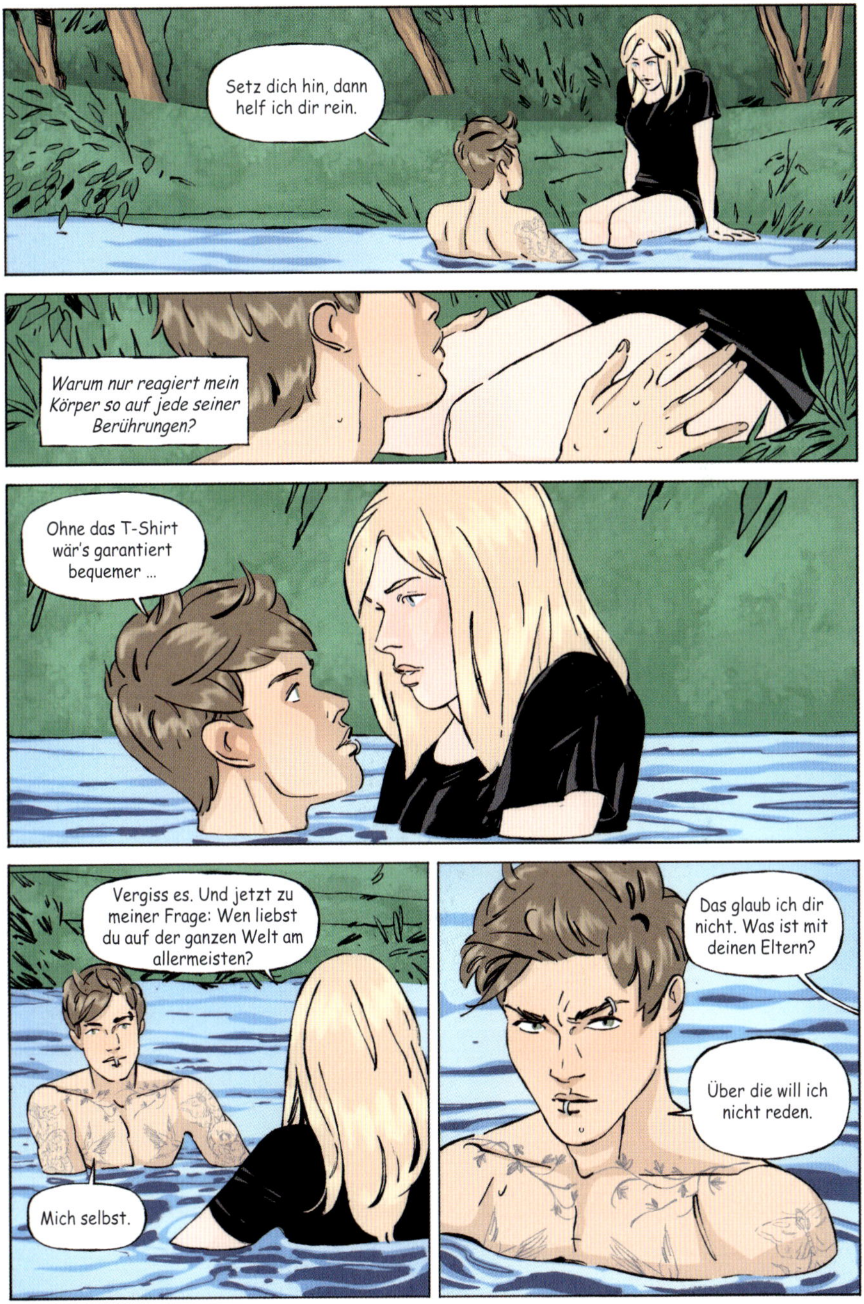
Setz dich hin, dann helf ich dir rein.
Warum nur reagiert mein Körper so auf jede seiner Berührungen?
Ohne das T-Shirt wär's garantiert bequemer ...
Vergiss es. Und jetzt zu meiner Frage: Wen liebst du auf der ganzen Welt am allermeisten?
Mich selbst.
Das glaub ich dir nicht. Was ist mit deinen Eltern?
Über die will ich nicht reden.

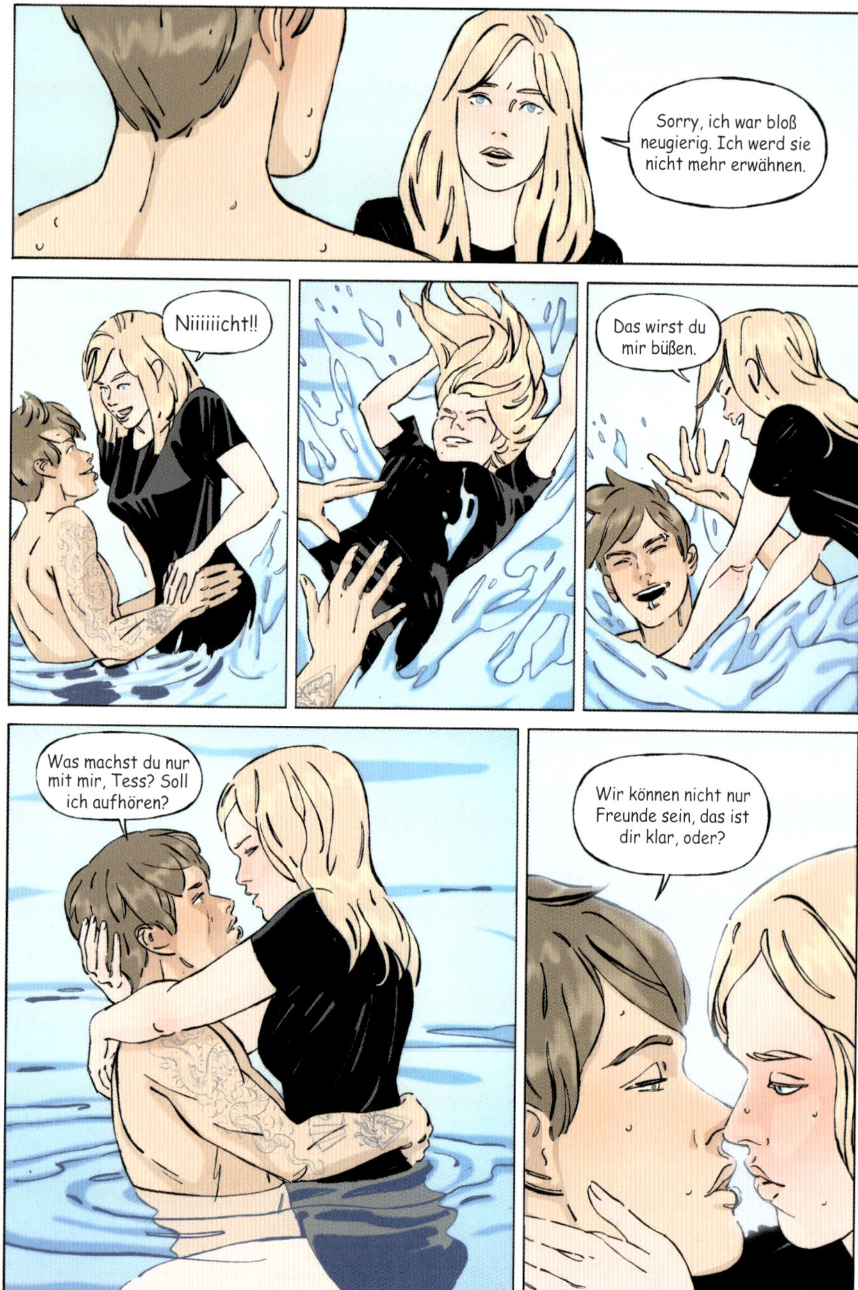

Sorry, ich war bloß neugierig. Ich werd sie nicht mehr erwähnen.
Niiiiiicht!!
Das wirst du mir büßen.
Was machst du nur mit mir, Tess? Soll ich aufhören?
Wir können nicht nur Freunde sein, das ist dir klar, oder?

Hardin!
Wenn du mich lässt, sorge ich dafür, dass du meinen Namen stöhnst, Tess, immer wieder …
Sag es, Tess. Du musst es aussprechen, Baby, damit ich weiß, dass du es willst.
Hardin … Ich will es …
Hier? Oder lieber in meinem Zimmer?
Hier.
Ja, ich will ihn. Ich brauche ihn.

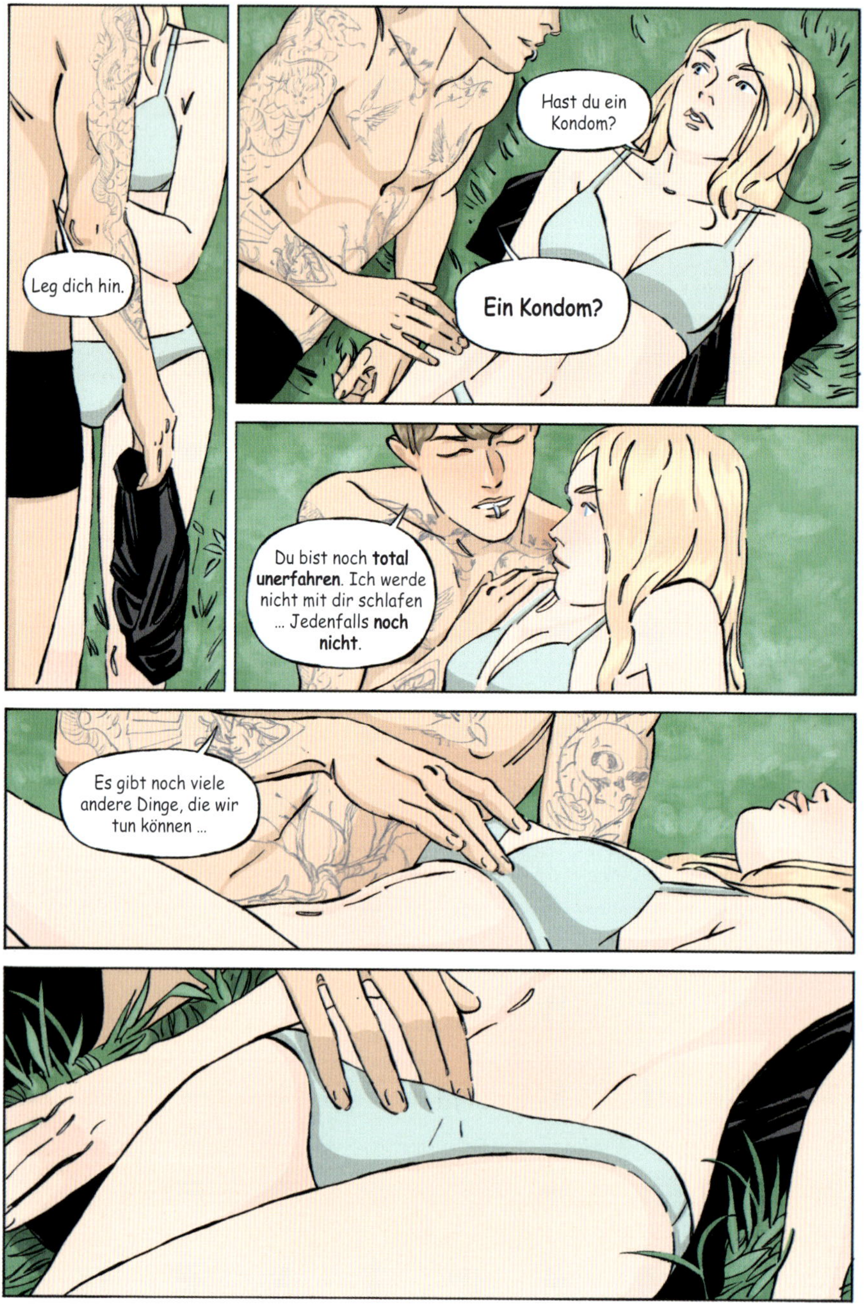
Leg dich hin.
Hast du ein Kondom?
Ein Kondom?
Du bist noch total unerfahren. Ich werde nicht mit dir schlafen … Jedenfalls noch nicht.
Es gibt noch viele andere Dinge, die wir tun können …

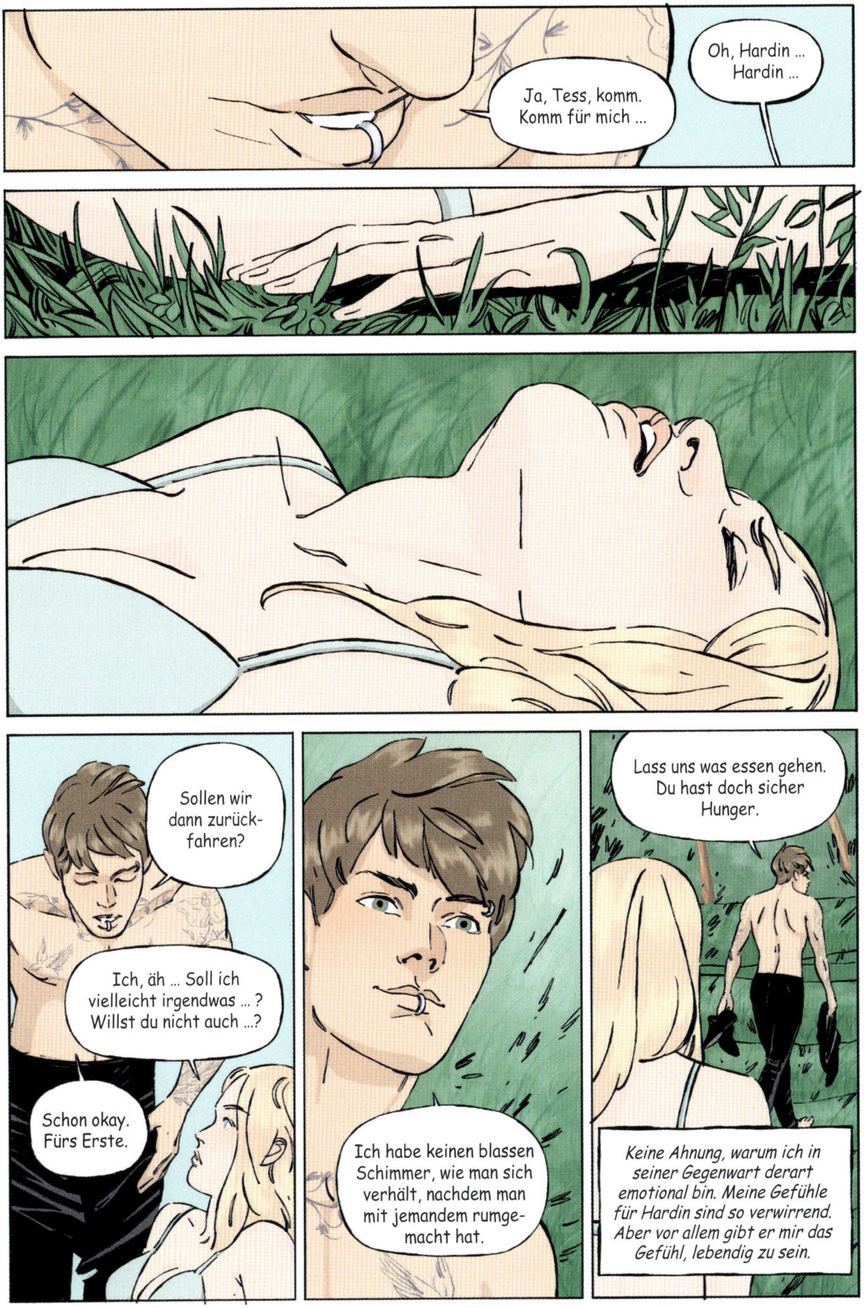
Ja, Tess, komm. Komm für mich ...
Oh, Hardin ... Hardin ...
Sollen wir dann zurückfahren?
Ich, äh ... Soll ich vielleicht irgendwas ... ? Willst du nicht auch ...?
Schon okay. Fürs Erste.
Ich habe keinen blassen Schimmer, wie man sich verhält, nachdem man mit jemandem rumgemacht hat.
Lass uns was essen gehen. Du hast doch sicher Hunger.
Keine Ahnung, warum ich in seiner Gegenwart derart emotional bin. Meine Gefühle für Hardin sind so verwirrend. Aber vor allem gibt er mir das Gefühl, lebendig zu sein.

Du magst kein Ketchup? Ich dachte, alle Amerikaner sind ganz wild danach.
Und, was willst du nach dem College machen?
Du zuerst.
Ich will in Seattle für einen Verlag arbeiten. Oder als Autorin.
Ich kenne wen bei Vance Publishing. Ist nicht um die Ecke, aber wenn du dich um ein Praktikum bewerben willst, ruf ich ihn an.
Echt? Das würdest du tun?
Klar, keine große Sache.
Ich erzähle ihm von meiner Kindheit in Richland, einer Stadt, die kaum jemand kennt.
Niemand dort bricht je aus dem Alltagstrott aus, und niemand zieht weg ... niemand außer mir.
Ich gehe nie mehr zurück.
Er spricht kaum über seine Vergangenheit, dafür interessiert er sich sehr für meine Kindheit.
Er runzelt die Stirn, als ich das Alkoholproblem meines Vaters erwähne ...
... und er hört mir zu.

Ich sollte
jetzt los.

Hardin, ich bin nicht rangegangen. Ich rede mit ihm, versprochen. Ich weiß nur noch nicht, wann oder wie.
Mit ihm reden? Worüber?
Wenn du ihn observieren willst, tu das, aber nicht meinetwegen.
Ich ... ich dachte ...
Ich hab doch gesagt, ich will keine Beziehung.
Du bist widerlich, Hardin!
Halt dich künftig von mir fern! Ich mein's ernst!

Wir ignorieren uns die ganze Woche, und mit jedem Tag fällt es mir leichter, nicht so oft an ihn zu denken.
Am Freitag steigt wieder eine Frat Party. Es gibt nur eines, was mich vom Hingehen abhält ...
Zum Glück ist Noah da. Echt lieb von ihm, dass er gekommen ist.
So muss ich nicht fürchten, doch auf der Party zu landen.
Oder wieder in Hardins T-Shirt schwimmen zu gehen.
Du kannst hier nicht so reinplatzen! Was willst du?
Steph abholen. Hi Noah, schön, dich zu sehen.
Sie ist mit Tristan abgezogen, vermutlich zu eurer Party. Können wir dann weitergucken?
Schade. Na, dann geh ich mal wieder. Ach ja ...
... schicke Strickjacke, Noah.
Danke! Die ist von Gap.

Hm, so übel ist er gar nicht.
Ich muss nicht unbedingt mit ihm abhängen, aber er war zumindest halbwegs freundlich.
Freundlich ist für den ein Fremdwort.
Wenn Noah wüsste, was zwischen Hardin und mir passiert ist …
Noahs weiche Lippen, sein sanfter Kuss genügen mir nicht. Ich brauche Feuer, Leidenschaft.
Was machst du denn da, Tessa?
Was? Nichts, ich will dich nur … spüren.

Er muss die gleichen Gefühle in mir auslösen wie Hardin.
Ich spüre seine Wärme, aber kein Feuer.
Das war schön, Tessa.
Schön. Mehr nicht. Er ist so zurückhaltend. Aber ich liebe ihn … oder?
Ähm, okay … Wo waren wir?

Noah hat auf Moms Wunsch hin in einem Hotel in der Nähe übernachtet. Widerspruchslos.
Er ist den ganzen Tag total süß, aber meine Gedanken schweifen ständig ab. Immer wieder vergleiche ich ihn mit Hardin.
BRRR BRRR
Landon? Alles in Ordnung?
Entschuldige, Tessa, ich … Würdest du bitte kommen?
Es geht um Hardin.
Klar, schick mir die Adresse.
Noah, ich brauche dein Auto.
Was ist los?
Das war Landon. Er sagte, er braucht mich. Es gibt irgendein Problem.
Ich komme mit.
Nein, ich muss allein hin. Ich setz dich am Wohnheim ab.

Ich weiß, es ist falsch, aber ich kann nur daran denken, möglichst schnell zu Hardin zu gelangen.
Tessa! Gut, dass du da bist.
Was ist denn passiert? Wo ist Hardin?
Hinten im Garten. Er ist total ausgeflippt. Ich weiß, du hasst ihn, aber ich wusste nicht, wen ich sonst anrufen soll.
Er ist sturzbetrunken und hat alles kurz und klein geschlagen, was ihm in die Finger kam.
Was? Warum denn das?
Sein Dad hat ihm gesagt, dass er meine Mom heiraten wird.
Sie sind übers Wochenende weggefahren, um zu feiern. Und dann ist Hardin plötzlich hier aufgekreuzt und ausgerastet.
Keine Ahnung, was du von mir erwartest, aber ich rede mit ihm.
Er hat deinen Namen gerufen.

Was zum Teufel willst du hier?
Landon hat ...
Scheiße, du hast sie angerufen?
Lass ihn in Frieden, Hardin! Er sorgt sich um dich.
Ich dachte, du trinkst nicht?
Was geht dich das an? Wo hast du deinen **Freund** gelassen?
Im Wohnheim – und zwar, um dir zu helfen, Hardin.

Warum erzählst du mir nicht, was los ist?
Du willst mir helfen? Dann hau ab.
Mein Herr Vater hat mir vorhin telefonisch mitgeteilt, dass er Karen heiraten wird! Und zwar schon nächsten Monat.
Er hatte nicht mal den Mumm, es mir ins Gesicht zu sagen. Ich wette, Landon weiß es schon ewig.
Ich vermute mal, er hatte seine Gründe.
Du kennst ihn nicht. Ich bin ihm scheißegal.
Ich bin nur hergezogen, weil meine Mom es wollte. Pfft. Ich sehe meinen Dad kaum.
Den kümmert nur sein großes Haus, seine neue Frau und sein perfekter neuer Sohn. Du solltest mal das Loch sehen, in dem meine Mom haust!

Wie alt warst du, als er gegangen ist?
Zehn. Aber er war schon davor nie da. Hing jeden Abend in einer anderen Kneipe rum.
Hardin wurde also wie ich mit zehn verlassen, und sein Dad war ebenfalls Alkoholiker. Wir haben ja einiges gemeinsam.
Das … das tut mir leid.
Spar dir dein Mitleid und deine Hilfe. Nur weil wir rumgemacht haben, heißt das nicht, dass ich irgendetwas mit dir zu tun haben will.
Los, fahr nach Hause.
He, was soll das?
Du hattest genug! Und ich werde jetzt Landon helfen, dein Chaos zu beseitigen.

Können wir reden, Tessa? Hier draußen? Bitte.
Ich wüsste wirklich nicht, worüber, Hardin.
Es ... tut mir leid.
Du bist so verdammt anstrengend.
Ich bin anstrengend? Was erwartest du von mir, Hardin? **Du** bist total gemein!
Aber nicht absichtlich.
Und ob! Du tust es bewusst, gezielt, das weißt du ganz genau. Noch nie hat mich jemand so mies behandelt.
Und trotzdem suchst du meine Nähe. Warum?
Keine Ahnung, aber damit ist jetzt Schluss. Dann musst du dich künftig nicht mehr mit der erbärmlichen kleinen Tessa rumschlagen. Ich mache den Literaturkurs nächstes Semester.
Nein! Nein, bitte nicht.

Ich bin erbärmlich.
Ja, das bist du allerdings.
Warum bin ich hier?
Noah wartet in meinem Zimmer auf mich, während ich schon wieder meine Zeit an Hardin verschwende.
Ich sollte jetzt gehen.
Geh nicht, Tess.
Bitte ... Ich brauche dich.

Wir können nicht so weitermachen, Hardin. Es tut uns beiden nicht gut.
Doch, wir können.
Nein. Du hasst mich, und außerdem verwirrst du mich.
Mal demütigst du mich, unmittelbar, nachdem du alles Mögliche mit mir angestellt hast, mal küsst du mich und sagst, du brauchst mich ...
Ich mag mich nicht, wenn ich mit dir zusammen bin.
Warum? Wer bist du dann?
Eine, die ihren Freund betrügt.

Ich weiß, du glaubst, ich bin ein schlechter Mensch, aber du ...
... ach, egal.
Beende den Satz, Hardin, sonst gehe ich, auf der Stelle.
Du ... weckst in mir den Wunsch, mich zu **bessern**. Für dich, Tess.
Was?
Das ist ein ungewohntes Gefühl für mich. Ich weiß nicht, wie ich damit umgehen soll, also tue ich das, was ich gut kann ...
... mich wie ein Arsch aufführen.

Wir sind zu verschieden, Hardin, und du willst keine Beziehung, schon vergessen?
Du willst keine Beziehung, Hardin.
Ja, aber wir könnten … Freunde sein.
Vergiss es. Ich weiß genau, was du damit meinst: Du willst alle Vorteile einer Beziehung, ohne dich festzulegen. Aber ich werde nicht dein Spielzeug sein.
So verschieden sind wir gar nicht. Wir mögen die gleichen Dinge. Bücher zum Beispiel.
Und außerdem bin ich vergeben.
Und doch bist du jetzt hier bei mir.
Ich **liebe** Noah, und er **liebt** mich!
Sag so was nicht!

Kannst du mir in die Augen sehen und mir sagen, dass ich dich in Ruhe lassen und nie wieder mit dir reden soll? Denn dann werde ich das tun.
Sag es, Tess. Sag mir, ich soll dich nie wieder küssen. Na los, sag es.
Hardin ...
Du kannst mir genauso wenig widerstehen wie ich dir, Tess.
Bleib heute Nacht bei mir.
Nein! Ich muss jetzt echt los ...
Bitte, bitte, bleib. Bleib heute Nacht bei mir. Du kannst morgen früh entscheiden, ob du mich weiter sehen willst oder nicht. Aber bitte bleib.
Und was sage ich Noah? Er wartet auf mich.

Sag einfach gar nichts.
Er hat mir sein Auto geliehen. Er kann nicht mal in sein Hotel.
Nicht zu fassen, dass ich es tatsächlich in Erwägung ziehe ...
Wie jetzt, er übernachtet nicht bei dir?
Kaum zu glauben! Wenn du meine Freundin wärst, würde ich dich in einer Tour vögeln.
Soll ich dich dann zur Verbindung zurückfahren?
Nein, ich bleibe hier, und du auch. Los, komm mit.
Ich hoffe, Landon sieht uns nicht. Und Noah? Der wird mich wieder bei Mom verpetzen.

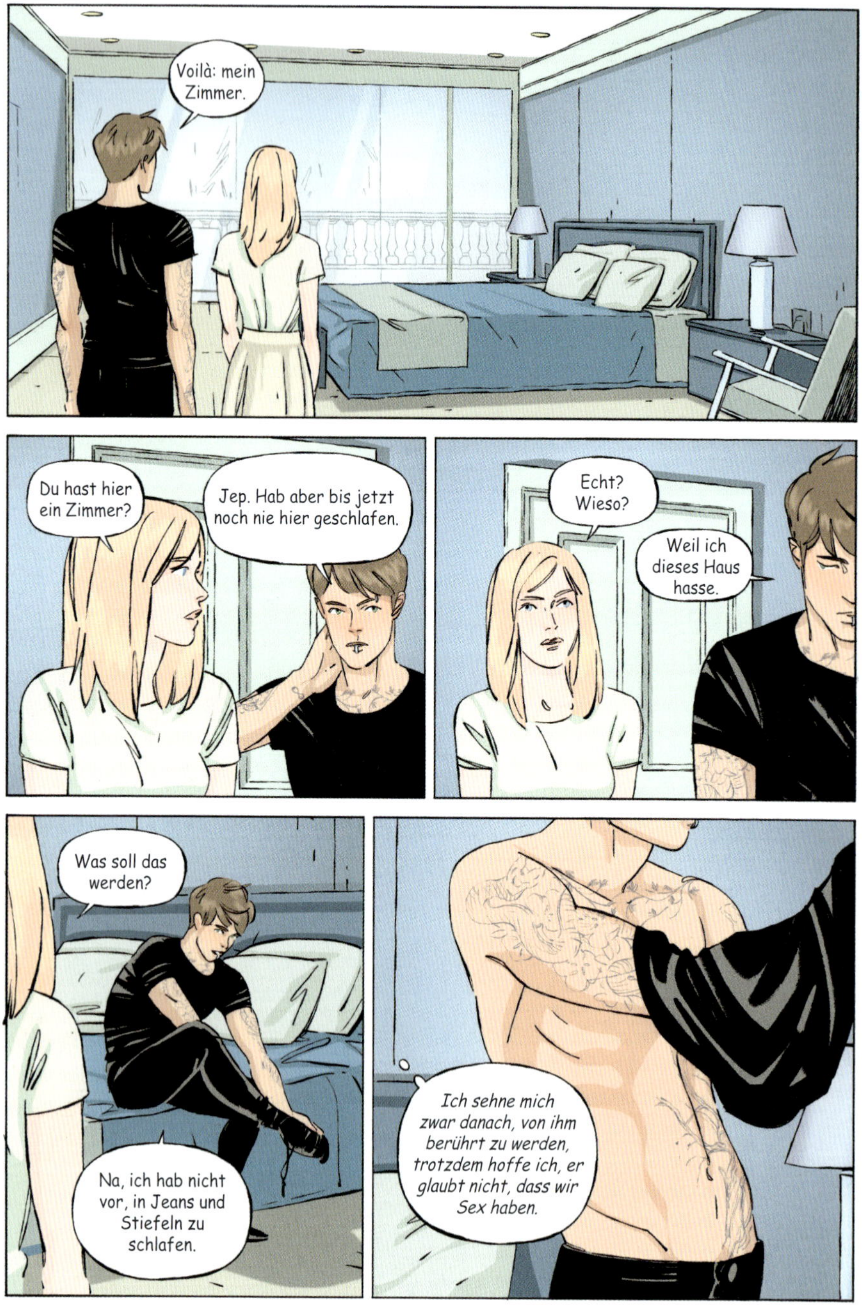
Voilà: mein Zimmer.
Du hast hier ein Zimmer?
Jep. Hab aber bis jetzt noch nie hier geschlafen.
Echt? Wieso?
Weil ich dieses Haus hasse.
Was soll das werden?
Na, ich hab nicht vor, in Jeans und Stiefeln zu schlafen.
Ich sehne mich zwar danach, von ihm berührt zu werden, trotzdem hoffe ich, er glaubt nicht, dass wir Sex haben.

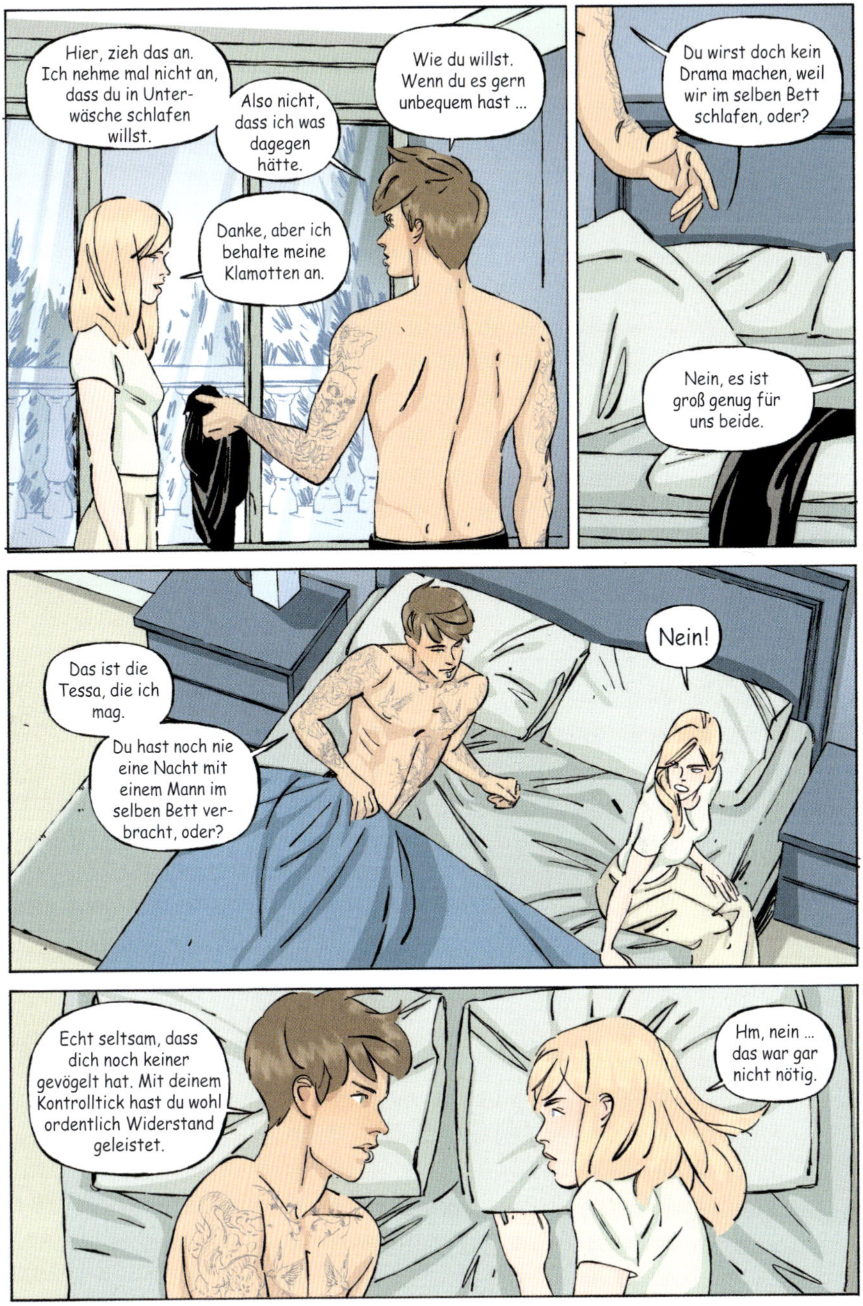
Hier, zieh das an. Ich nehme mal nicht an, dass du in Unterwäsche schlafen willst.
Also nicht, dass ich was dagegen hätte.
Wie du willst. Wenn du es gern unbequem hast ...
Danke, aber ich behalte meine Klamotten an.
Du wirst doch kein Drama machen, weil wir im selben Bett schlafen, oder?
Nein, es ist groß genug für uns beide.
Das ist die Tessa, die ich mag.
Du hast noch nie eine Nacht mit einem Mann im selben Bett verbracht, oder?
Nein!
Echt seltsam, dass dich noch keiner gevögelt hat. Mit deinem Kontrolltick hast du wohl ordentlich Widerstand geleistet.
Hm, nein ... das war gar nicht nötig.

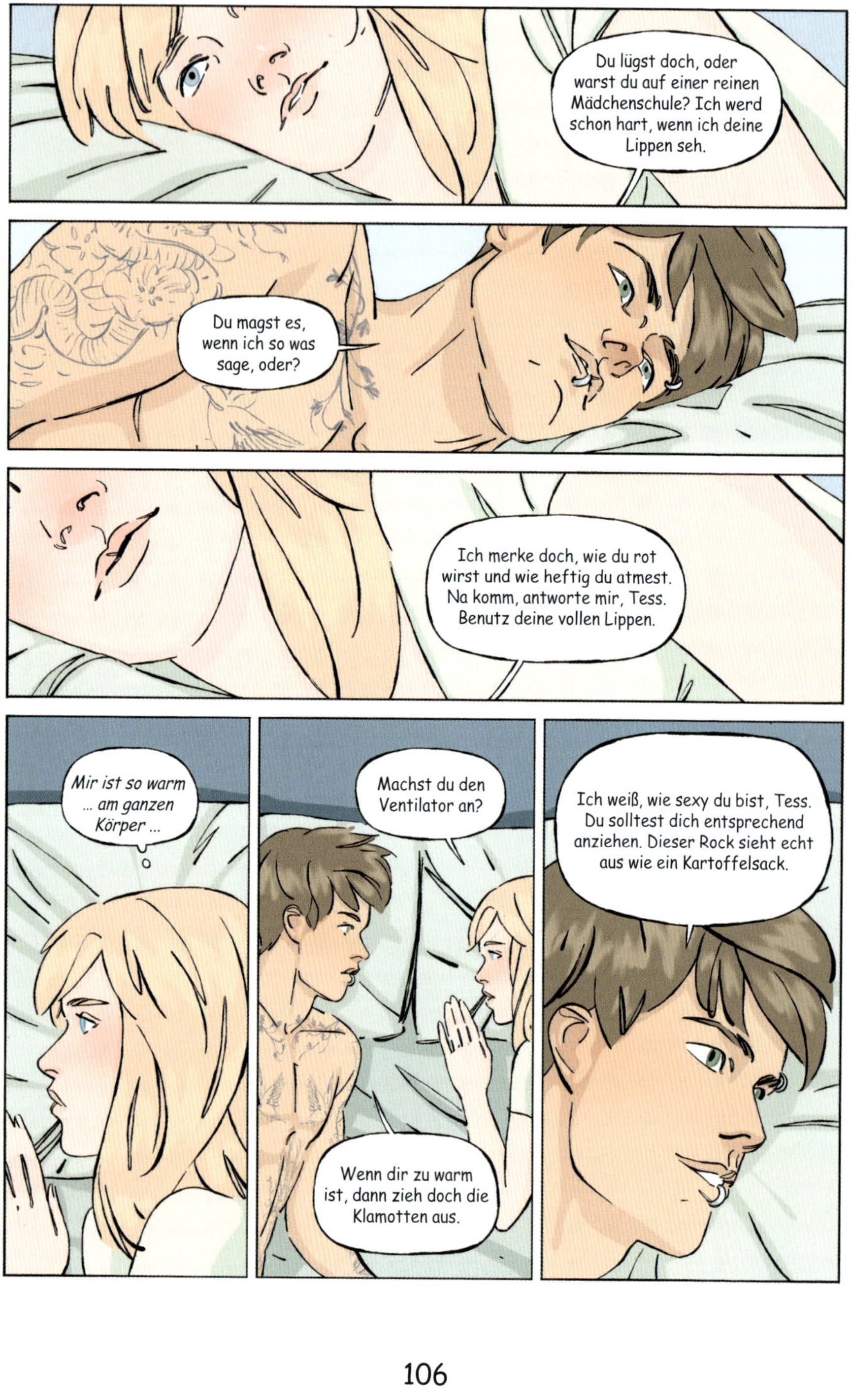
Du lügst doch, oder warst du auf einer reinen Mädchenschule? Ich werd schon hart, wenn ich deine Lippen seh.
Du magst es, wenn ich so was sage, oder?
Ich merke doch, wie du rot wirst und wie heftig du atmest. Na komm, antworte mir, Tess. Benutz deine vollen Lippen.
Mir ist so warm ... am ganzen Körper ...
Machst du den Ventilator an?
Wenn dir zu warm ist, dann zieh doch die Klamotten aus.
Ich weiß, wie sexy du bist, Tess. Du solltest dich entsprechend anziehen. Dieser Rock sieht echt aus wie ein Kartoffelsack.

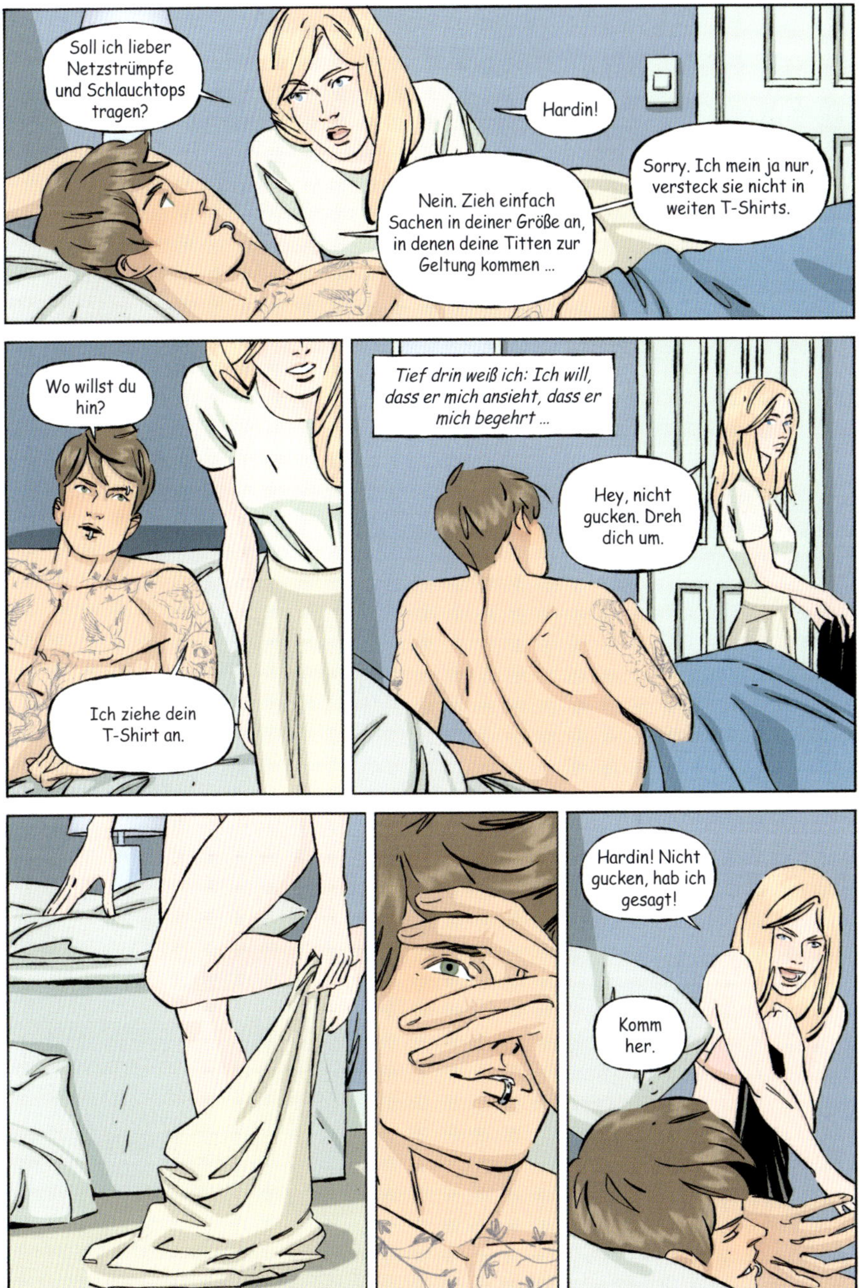
Soll ich lieber Netzstrümpfe und Schlauchtops tragen?
Hardin!
Nein. Zieh einfach Sachen in deiner Größe an, in denen deine Titten zur Geltung kommen ...
Sorry. Ich mein ja nur, versteck sie nicht in weiten T-Shirts.
Wo willst du hin?
Ich ziehe dein T-Shirt an.
Tief drin weiß ich: Ich will, dass er mich ansieht, dass er mich begehrt ...
Hey, nicht gucken. Dreh dich um.
Hardin! Nicht gucken, hab ich gesagt!
Komm her.

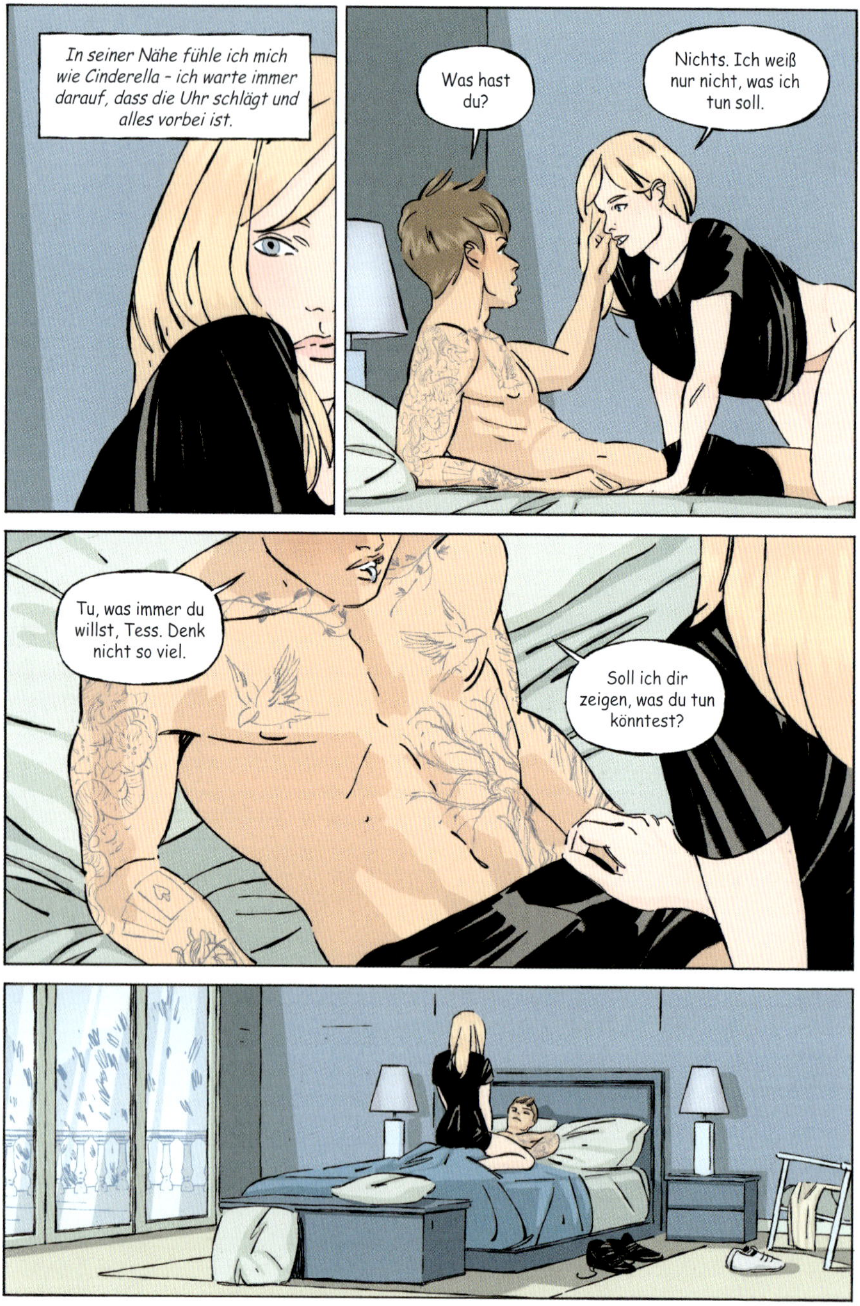
In seiner Nähe fühle ich mich wie Cinderella – ich warte immer darauf, dass die Uhr schlägt und alles vorbei ist.
Was hast du?
Nichts. Ich weiß nur nicht, was ich tun soll.
Tu, was immer du willst, Tess. Denk nicht so viel.
Soll ich dir zeigen, was du tun könntest?

O ja, Tess … Das fühlt sich unheimlich gut an …
Darf ich dir den BH ausziehen?
Ja …
Oh, Tess, gleich komme ich.
Eine seltsame Wärme erfüllt meinen Brustkorb. Ich habe noch nie jemanden zum Orgasmus gebracht.

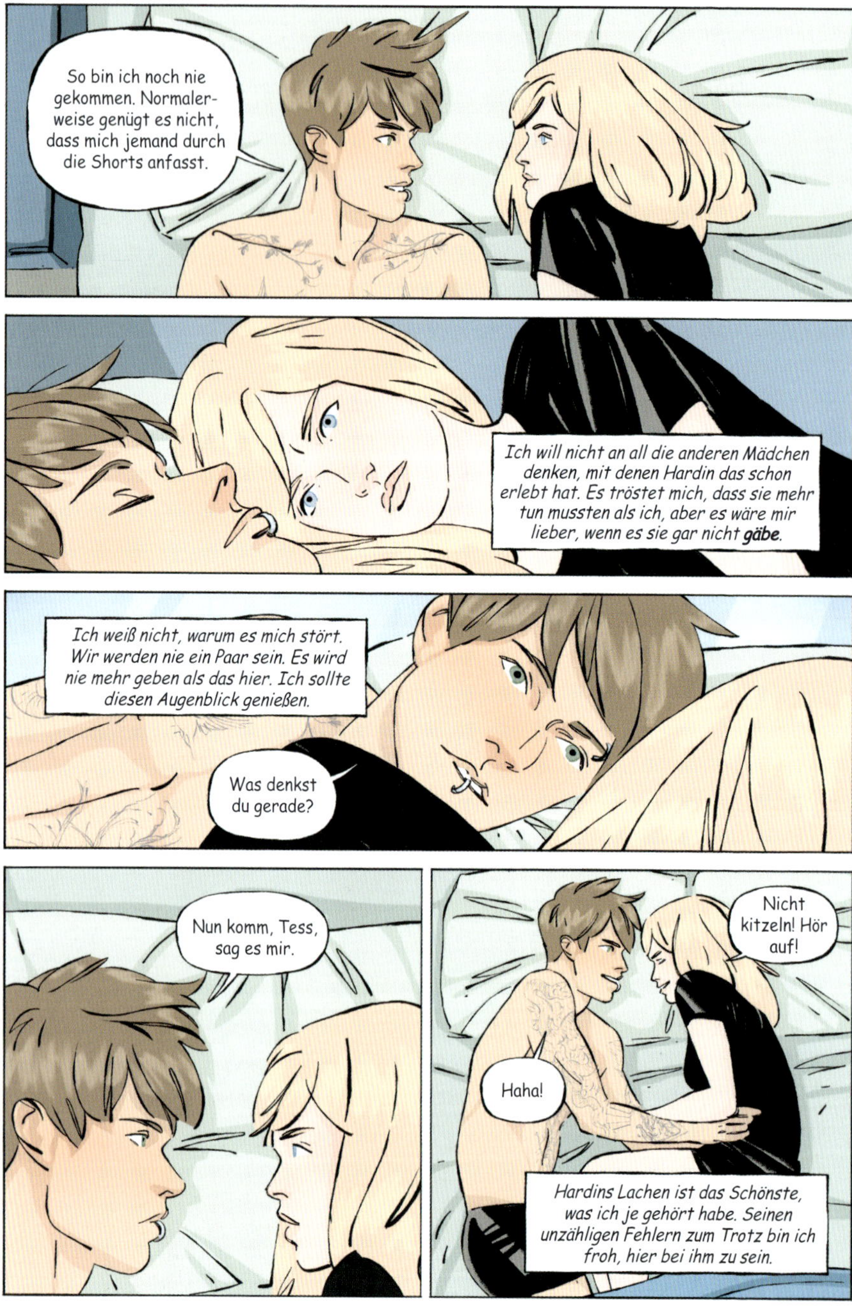
So bin ich noch nie gekommen. Normalerweise genügt es nicht, dass mich jemand durch die Shorts anfasst.
Ich will nicht an all die anderen Mädchen denken, mit denen Hardin das schon erlebt hat. Es tröstet mich, dass sie mehr tun mussten als ich, aber es wäre mir lieber, wenn es sie gar nicht **gäbe**.
Ich weiß nicht, warum es mich stört. Wir werden nie ein Paar sein. Es wird nie mehr geben als das hier. Ich sollte diesen Augenblick genießen.
Was denkst du gerade?
Nun komm, Tess, sag es mir.
Nicht kitzeln! Hör auf!
Haha!
Hardins Lachen ist das Schönste, was ich je gehört habe. Seinen unzähligen Fehlern zum Trotz bin ich froh, hier bei ihm zu sein.

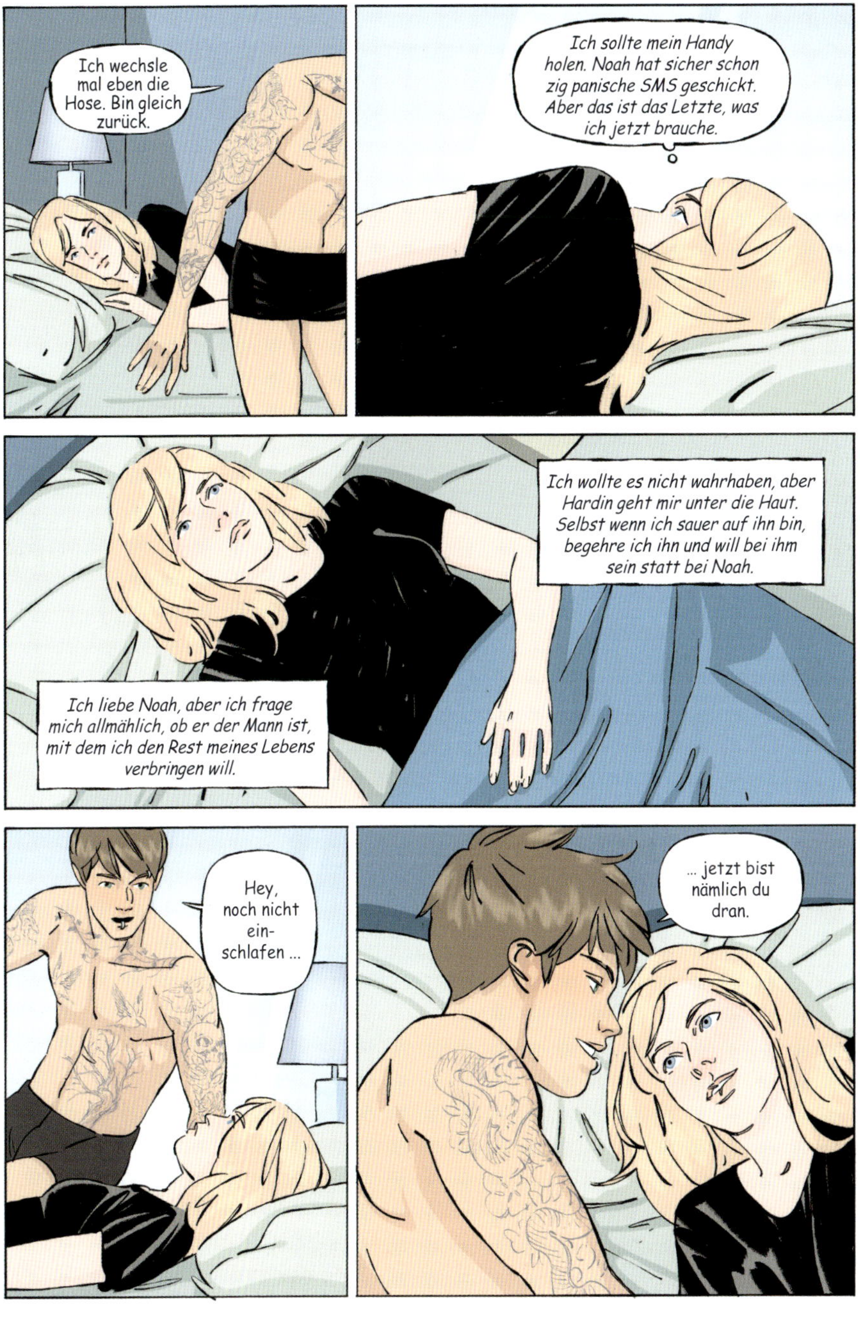
Ich wechsle mal eben die Hose. Bin gleich zurück.
Ich sollte mein Handy holen. Noah hat sicher schon zig panische SMS geschickt. Aber das ist das Letzte, was ich jetzt brauche.
Ich wollte es nicht wahrhaben, aber Hardin geht mir unter die Haut. Selbst wenn ich sauer auf ihn bin, begehre ich ihn und will bei ihm sein statt bei Noah.
Ich liebe Noah, aber ich frage mich allmählich, ob er der Mann ist, mit dem ich den Rest meines Lebens verbringen will.
Hey, noch nicht ein-schlafen ...
... jetzt bist nämlich du dran.

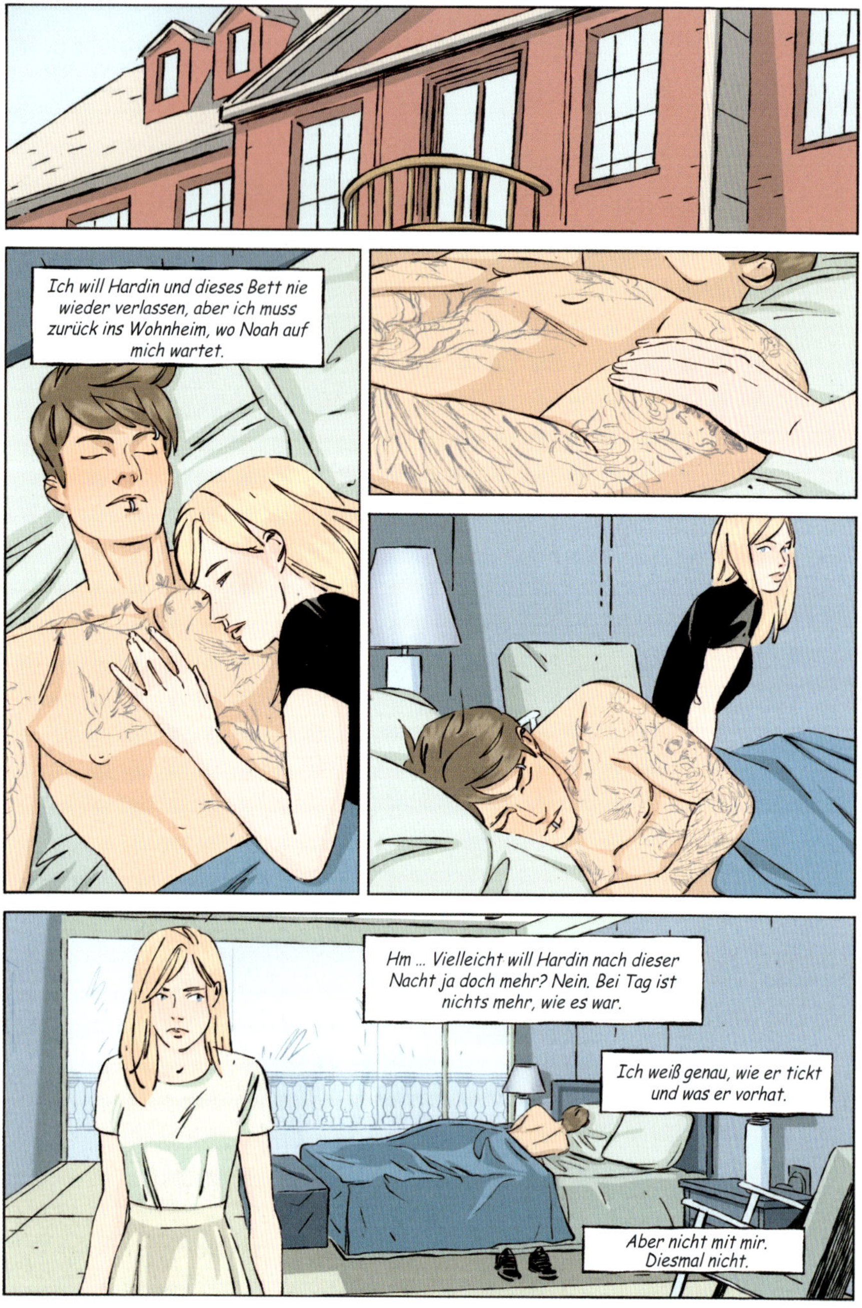
Ich will Hardin und dieses Bett nie wieder verlassen, aber ich muss zurück ins Wohnheim, wo Noah auf mich wartet.
Hm ... Vielleicht will Hardin nach dieser Nacht ja doch mehr? Nein. Bei Tag ist nichts mehr, wie es war.
Ich weiß genau, wie er tickt und was er vorhat.
Aber nicht mit mir. Diesmal nicht.

Landon, ich ...
Alles okay? Vertragt ihr euch wieder, du und Hardin?
Mir geht's gut, ja. Ich weiß nur nicht, was ... Er ist einfach ... Du denkst jetzt bestimmt ...
Ich denke gar nichts. Ich weiß, was für ein Ekel er sein kann, und ich weiß, du magst ihn nicht. Ich bin dir sehr dankbar dafür, dass du hergekommen bist und ihn zur Vernunft gebracht hast.
Ich wünschte fast, er wäre entsetzt, weil ich Noah allein gelassen und die Nacht mit Hardin verbracht habe. Vielleicht würde mich dann das schlechte Gewissen plagen.
Ich muss los. Wir sehen uns, Landon.
Okay, nichts wie weg hier, ehe Hardin aufwacht und Landon seine gute Meinung von mir ändert.

Herrgott noch mal, Tessa, **wo warst du?** Ich hab dich nonstop angerufen!
Es tut mir echt furchtbar leid, Noah! Ich war bei Landon – Hardin war besoffen und hat Möbel und Geschirr zertrümmert.
Wir haben bis spätnachts aufgeräumt, und dann war mein Akku leer.
Warum hast du dir nicht Landons Handy geborgt, um Bescheid zu geben? Na, egal. Alles okay?
Ja, keine Sorge. Hardin war nur betrunken, er hat mich nicht bedroht oder so.
Nicht zu fassen, dass ich Noah ins Gesicht lüge. Er war immer für mich da, und ich belüge ihn. Ich sollte es ihm sagen, aber ich kann mir nicht vorstellen, ihn zu verletzen.
Ich dachte, du wolltest Typen wie ihn künftig meiden? Du hast es deiner Mutter und mir versprochen, weißt du noch? Sie verändern dich, Tessa.
Nun ja, ich …

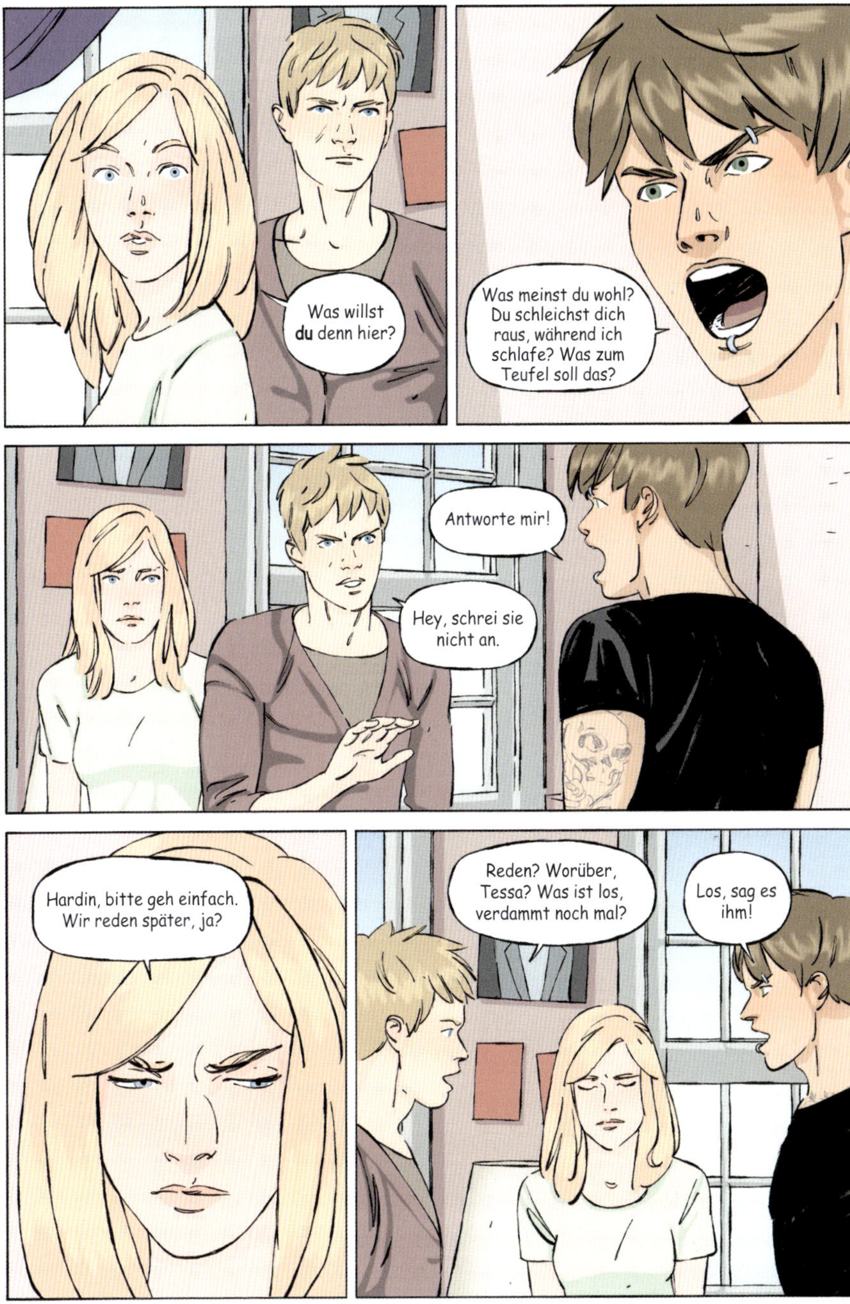
Was willst **du** denn hier?
Was meinst du wohl? Du schleichst dich raus, während ich schlafe? Was zum Teufel soll das?
Antworte mir!
Hey, schrei sie nicht an.
Hardin, bitte geh einfach. Wir reden später, ja?
Reden? Worüber, Tessa? Was ist los, verdammt noch mal?
Los, sag es ihm!

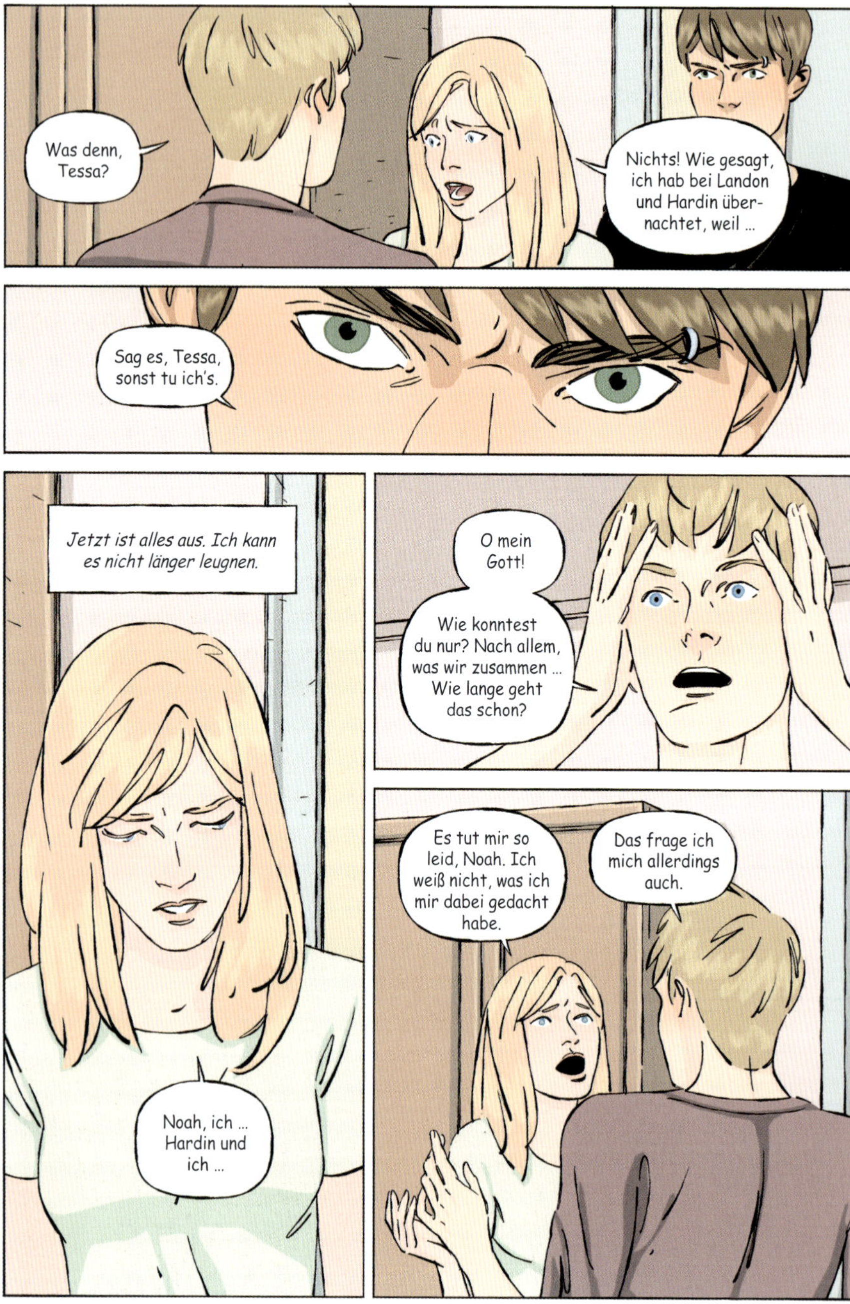
Was denn, Tessa?
Nichts! Wie gesagt, ich hab bei Landon und Hardin übernachtet, weil ...
Sag es, Tessa, sonst tu ich's.
Jetzt ist alles aus. Ich kann es nicht länger leugnen.
Noah, ich ... Hardin und ich ...
O mein Gott!
Wie konntest du nur? Nach allem, was wir zusammen ... Wie lange geht das schon?
Es tut mir so leid, Noah. Ich weiß nicht, was ich mir dabei gedacht habe.
Das frage ich mich allerdings auch.

Warte!
Noah, bitte!
Fass mich nicht an, Hardin! Das war mies, sogar für deine Verhältnisse!
Bleib hier, sonst ist es für mich aus.
Was ist aus? Dein bescheuertes Heiß-Kalt-Spiel? Ich hasse dich!
Wie kann etwas aus sein, das nie angefangen hat?

Noah!
O Gott. Ich darf ihn nicht verlieren.
Noah, bitte … Es tut mir so leid! Bitte verzeih mir. Bitte.
Ich kann mir das nicht mehr anhören, Tessa. Ich bin total verwirrt.
Ich liebe dich.

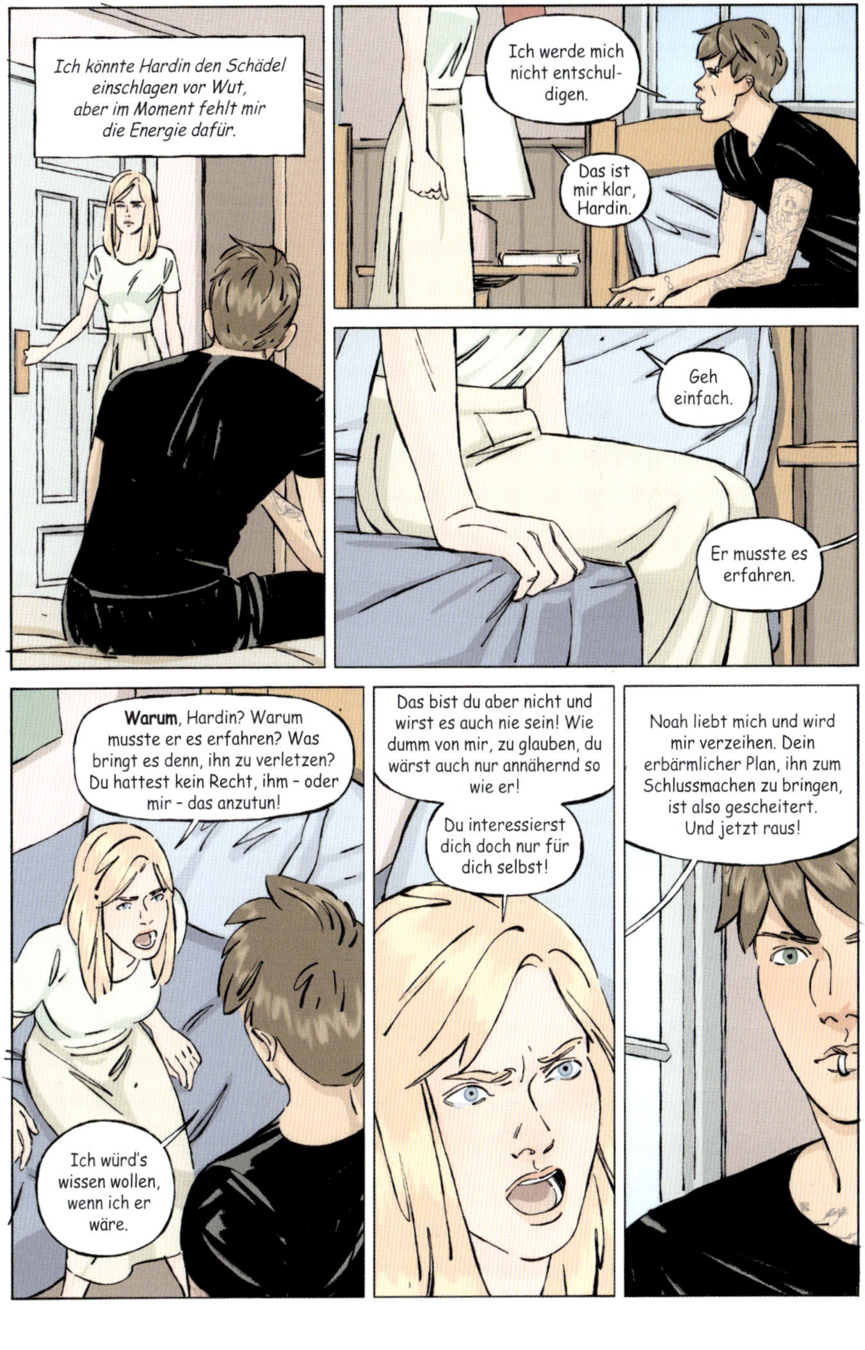

Ich könnte Hardin den Schädel einschlagen vor Wut, aber im Moment fehlt mir die Energie dafür.
Ich werde mich nicht entschuldigen.
Das ist mir klar, Hardin.
Geh einfach.
Er musste es erfahren.
Warum, Hardin? Warum musste er es erfahren? Was bringt es denn, ihn zu verletzen? Du hattest kein Recht, ihm - oder mir - das anzutun!
Ich würd's wissen wollen, wenn ich er wäre.
Das bist du aber nicht und wirst es auch nie sein! Wie dumm von mir, zu glauben, du wärst auch nur annähernd so wie er!
Du interessierst dich doch nur für dich selbst!
Noah liebt mich und wird mir verzeihen. Dein erbärmlicher Plan, ihn zum Schlussmachen zu bringen, ist also gescheitert. Und jetzt raus!

Das war gar nicht ...
Raus! Ich wette, du überlegst schon, wie du mich als Nächstes verarschen kannst, aber jetzt ist Schluss, Hardin!
Nein, das tue ich nicht, Tessa. Ich dachte, nach dieser Nacht ... Ich dachte, du und ich ...
Erwartest du ernsthaft, dass ich dir das abkaufe? Dass du etwas für mich **empfindest**?
Natürlich, Tessa. Du gibst mir das Gefühl ...
Nein! Ich will es nicht hören, Hardin! Ich weiß, dass du lügst. Du findest es doch bloß geil, mir vorzugaukeln, dass du dasselbe für mich empfindest wie ich für dich. Du bist echt krank!
Wie, dasselbe? Soll das etwa heißen, du ...
Wenn du jetzt nicht sofort gehst –
Puh, was für ein Wochenende, Leute! Ich bin echt k. o.

Was ist hier los? Wo ist Noah?
Weg, und das wird Hardin auch gleich sein.
Tessa ...
Steph, **bitte** wirf ihn raus!
Scheiße, Hardin, ich hab dir doch gesagt, sie ist tabu!
Los, raus, du Genie!
Es ist nicht, wie du ...
Bullshit! Ich kenne dich. Such dir eine andere für deine Spielchen! Sie kommt damit nicht klar!
Gut, ich halte mich von ihr fern. Aber bring sie gefälligst nicht mehr zu unseren Partys mit!
Im Ernst! Wenn ich sie noch einmal sehe, mach ich sie fertig!

Danke, dass du ihn weggeschickt hast.
Das ist alles meine Schuld. Er ist mein Freund, aber du bist auch meine Freundin, und ich will nicht, dass dieser Idiot dir wehtut.
Quatsch, du kannst nichts dafür. Ich will eure Freundschaft nicht belasten.
Tust du nicht.
Und, willst du drüber reden?
Ich glaube, ja.
Ich muss jemandem mein Herz ausschütten.
Ich erzähle ihr alles, vom ersten Kuss über den Ausflug an den See bis zu unserer gemeinsamen Nacht, und auch, dass ich Hardin verabscheue, weil er mich gezwungen hat, Noah alles zu gestehen.

Wow, da ist ja echt 'ne Menge passiert!
Ich wusste doch, dass da irgendwas im Busch ist.
Wenn ich du wäre, würde ich versuchen, das mit Noah wieder einzurenken. Hardin ist beziehungsunfähig.
Ich weiß, dass sie recht hat, aber warum tut es dann so weh?
Montagmorgen …
Landon? Was ist denn mit deinem Auge? War das etwa **Hardin**?
Äh, ja. Er kam neulich total sauer zurück und wollte noch mehr zerdeppern. Ich hab ihn daran gehindert, und dann haben wir uns geprügelt.
Keine Sorge, er musste auch ganz schön einstecken. Heute sehen wir ihn wohl nicht, er ist nicht mehr im Literaturkurs.

Nachdem ich tagelang Trübsal geblasen habe, will Steph am Freitagabend, dass ich mit ihr und ein paar anderen essen gehe.
Wir fahren dich danach auch gleich zurück, versprochen. Hier, zieh das an.
Ich weiß nicht ...
Probier's einfach an. Du wirst toll aussehen.
Nate und Zed kommen auch.
Solange Hardin nicht auftaucht ...

Zwei Bier ...
Und eine Cola, bitte.
Du hast doch gesagt, er kommt nicht!
Ich wusste nicht, dass er kommt! Ehrlich!
Wow, Tessa, siehst du heiß aus!
Grrr, Mollys Top lässt ja mal wieder tief blicken. Und wie sie sich an Hardin ranschmeißt! Am besten ignoriere ich die beiden einfach.

Blondie da drüben wollte den Burger ohne Ketchup.
Okay, ich bringe ihr einen neuen.
Sorry! Das haben wir gleich.
Was soll das?
Vergiss es, Molly.
Offenbar ist er nicht nur zu mir derart unhöflich.
Ich weiß nicht … Ist nicht so meine Szene. Du etwa?
Und, gehst du nächstes Wochenende zum Bonfire?
Ja, mit Landon.
Landon **Gibson**? Hahaha!
Ist ja klar, dass dieser Spießer da hingeht.
Tut mir **sehr** leid, dass er euch zu uncool ist. Ich mag es übrigens nicht, wenn man meine Freunde beleidigt!

Ja, okay, sorry. Man muss ihm zugutehalten, dass er Hardin Kontra gegeben hat.
Hahaha!
Hahaha!
Wär der Prof nicht dazwischengegangen, wär Hardin jetzt womöglich grün und blau!
Hä? Landon hat doch gesagt ...
Na, kommst du mit auf die Party, Tessa?
Nein. Tristan fährt mich zurück zum Wohnheim.
Ja! Wir setzen sie ab, und dann machen wir einen drauf.
Steph mustert mich erwartungsvoll, aber ich weiß nicht, was ich sagen soll. Eigentlich will ich nicht mit Hardin allein sein, aber meine Neugier siegt. Ich will - ich muss - wissen, was er jetzt wieder vorhat.
Ich fahre sie, Tristan ist nicht mehr nüchtern. Molly, fahr du mit den anderen. Wir sehen uns auf der Party.

Nachdem ich ihn die ganze Woche gemieden habe, sitze ich nun also wieder neben ihm im Auto.
Dein neuer Look ist ja echt ziemlich übertrieben, findest du nicht?
Der geht allein auf Stephs Konto.
Aha. Er will mich also bloß mal wieder ärgern.
Ich hab dich nicht gebeten, mich zu fahren.
Flipp nicht gleich aus. Ich sag ja nur, dass ich den Wandel etwas extrem finde.
Tja, wie gut, dass mich das nicht interessiert. Wenn ich dir nicht gefalle, dann sieh woandershin.
Genau da liegt das Problem, oder? Ich muss dich andauernd anstarren.
Ach, bitte.
Hat er vergessen, dass wir nicht miteinander reden, weil er mein Leben ruinieren wollte?

Warum hast du Zed nicht gesagt, was bei der Schlägerei mit Landon wirklich los war?
Weil du offenbar nicht willst, dass es jemand erfährt.
Warum bewahrst du meine Geheimnisse? Ich könnt's dir nicht verdenken, wenn du das mit meinem Dad und seiner Mom rumerzählst.
Tja, ich bin nicht du.
Ich könnte noch so viel sagen, aber den Rest der Fahrt schweigen wir.

Danke. Beeil dich, Molly wartet sicher schon.
Äh, ja. Sie ist echt unterhaltsam, wenn sie blau ist.
Glaube ich gern. Ich muss los, Noah kommt.
Ach ja?
Mir ist, als hätte er mich in den Magen geboxt, aber ich lasse mir nichts anmerken.
Jep. Man sieht sich.
Tessa, warte ...
Ich ... ach, nichts. Ich dachte nur, du hättest was vergessen.

Ich marschiere davon, ohne mich noch mal umzudrehen - er wird mir ohnehin nicht folgen.
Hey.
Hey, Tessa, wie war dein Tag?
Ganz okay eigentlich. Heute bleib ich zu Hause, ich muss lernen.
Meinst du das ernst, Noah?
Natürlich, Tessa. Ich liebe dich immer noch, und ich bin bereit, dir zu verzeihen, aber du musst mir versprechen, dass du dich von ihm fernhältst.
Ich … wäre jetzt gern bei dir.
Das werde ich! Versprochen! Ich liebe dich.
Tief drin weiß ich: Ich will unbedingt, dass mir Noah verzeiht, damit ich nicht allein bin und mich in einer Tour mit Hardin beschäftige.

He, weg da ... Wird's bald?
Hey!! Okay, okay, beruhig dich!
Hardin?
Na los, beweg dich! Ich will in mein Zimmer!
Theresa ...
Bitte sag deinem Freund, er soll mich in mein Zimmer lassen, ja? Er hat überall Wodka verschüttet!
Er ist nicht mein ...
Sorry wegen dem Wodka ...

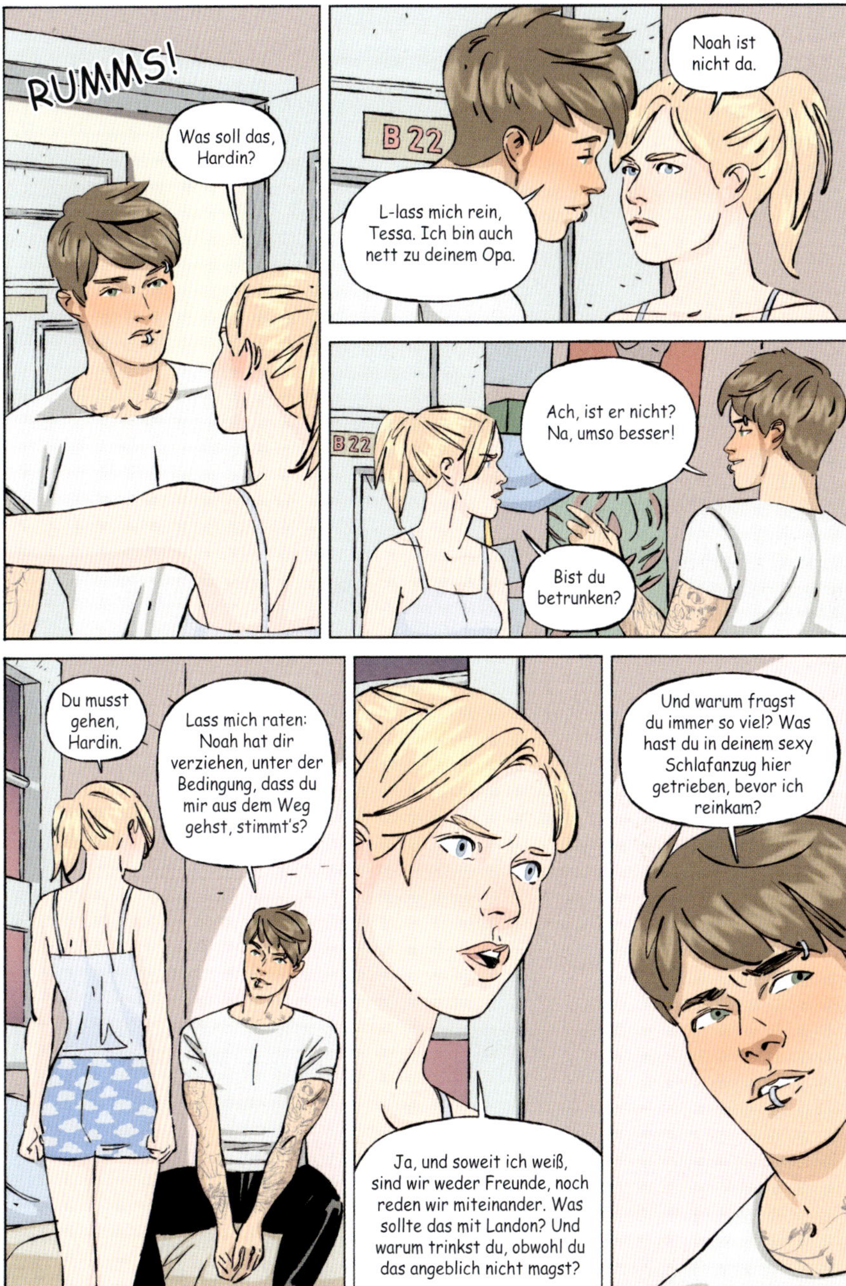
RUMMS!
Was soll das, Hardin?
Noah ist nicht da.
L-lass mich rein, Tessa. Ich bin auch nett zu deinem Opa.
Ach, ist er nicht? Na, umso besser!
Bist du betrunken?
Du musst gehen, Hardin.
Lass mich raten: Noah hat dir verziehen, unter der Bedingung, dass du mir aus dem Weg gehst, stimmt's?
Ja, und soweit ich weiß, sind wir weder Freunde, noch reden wir miteinander. Was sollte das mit Landon? Und warum trinkst du, obwohl du das angeblich nicht magst?
Und warum fragst du immer so viel? Was hast du in deinem sexy Schlafanzug hier getrieben, bevor ich reinkam?

Ich hab gelernt und seh mir gleich einen Film an.
Darf ich bleiben und mitgucken?
Das halte ich für keine gute Idee.
Genau das sind oft die besten Ideen. Und du willst doch nicht, dass ich in dem Zustand Auto fahre, oder?
Ich weiß, ich sollte standhaft bleiben, aber ich schaffe es nicht.
Okay, aber du sitzt auf dem Boden.
Hardin verschließt sich die Lippen mit einem imaginären Schlüssel, und obwohl er viel öfter zu mir hersieht als zum Laptop, fühle ich mich so ruhig wie seit Tagen nicht mehr.
Hast du Popcorn?
Nein. Jetzt sei still, oder du fliegst raus.
Mein Hintern ist schon ganz taub ...
Stephs Bett ist schön weich.
Von da drüben sehe ich doch nichts. Jetzt komm schon, Tessa ... Ich bin auch ganz artig, versprochen.
Also gut ...

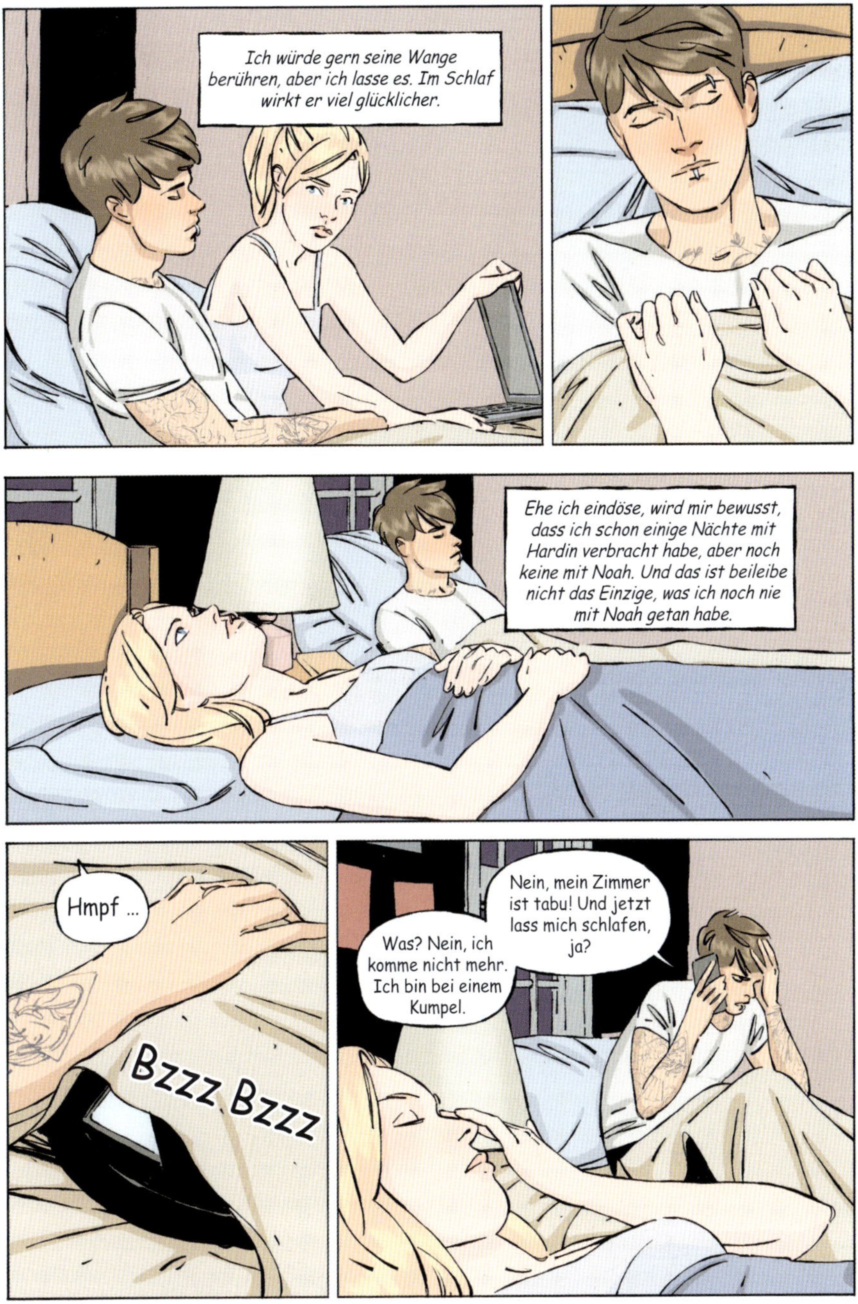
Ich würde gern seine Wange berühren, aber ich lasse es. Im Schlaf wirkt er viel glücklicher.
Ehe ich eindöse, wird mir bewusst, dass ich schon einige Nächte mit Hardin verbracht habe, aber noch keine mit Noah. Und das ist beileibe nicht das Einzige, was ich noch nie mit Noah getan habe.
Hmpf ...
Bzzz Bzzz
Was? Nein, ich komme nicht mehr. Ich bin bei einem Kumpel.
Nein, mein Zimmer ist tabu! Und jetzt lass mich schlafen, ja?

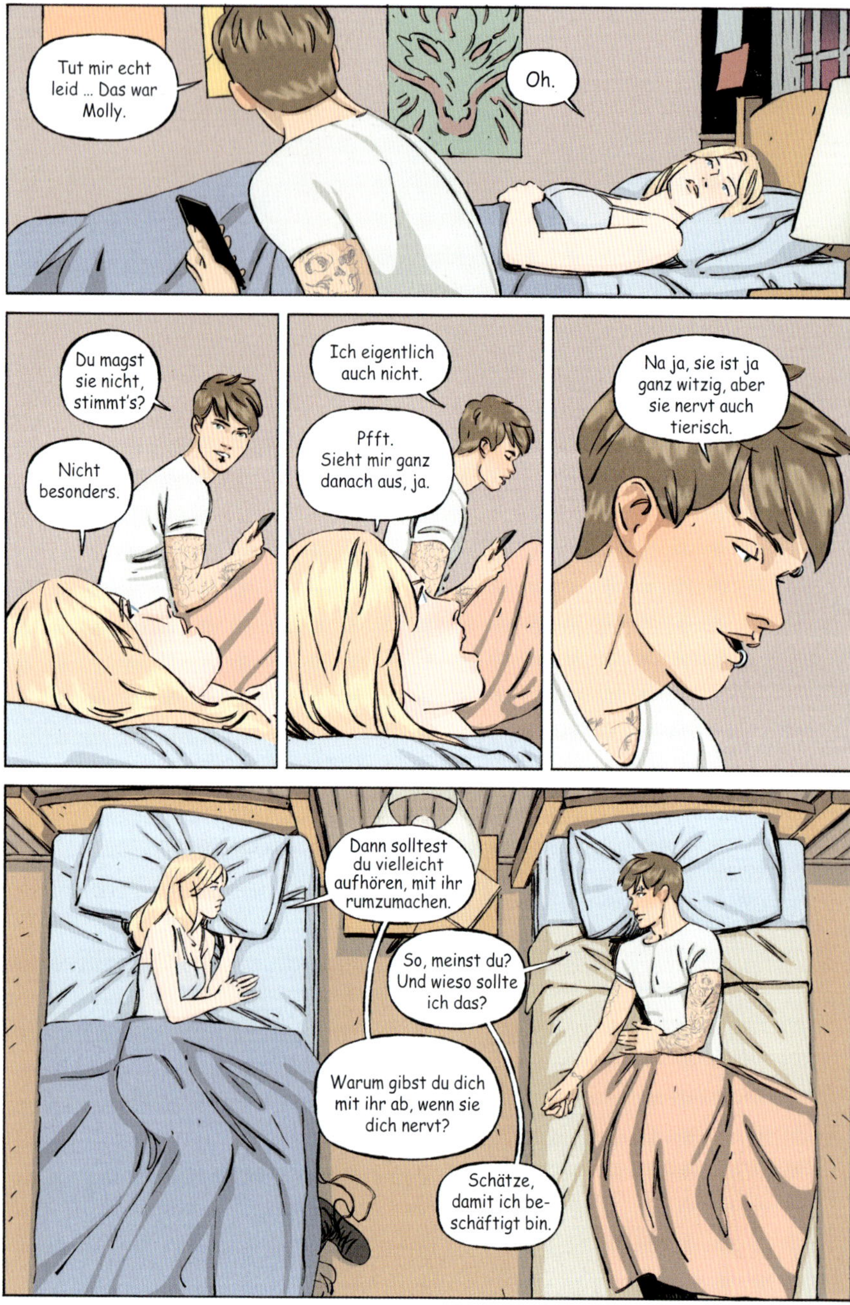
Tut mir echt leid ... Das war Molly.
Oh.
Du magst sie nicht, stimmt's?
Nicht besonders.
Ich eigentlich auch nicht.
Pfft. Sieht mir ganz danach aus, ja.
Na ja, sie ist ja ganz witzig, aber sie nervt auch tierisch.
Dann solltest du vielleicht aufhören, mit ihr rumzumachen.
So, meinst du? Und wieso sollte ich das?
Warum gibst du dich mit ihr ab, wenn sie dich nervt?
Schätze, damit ich beschäftigt bin.

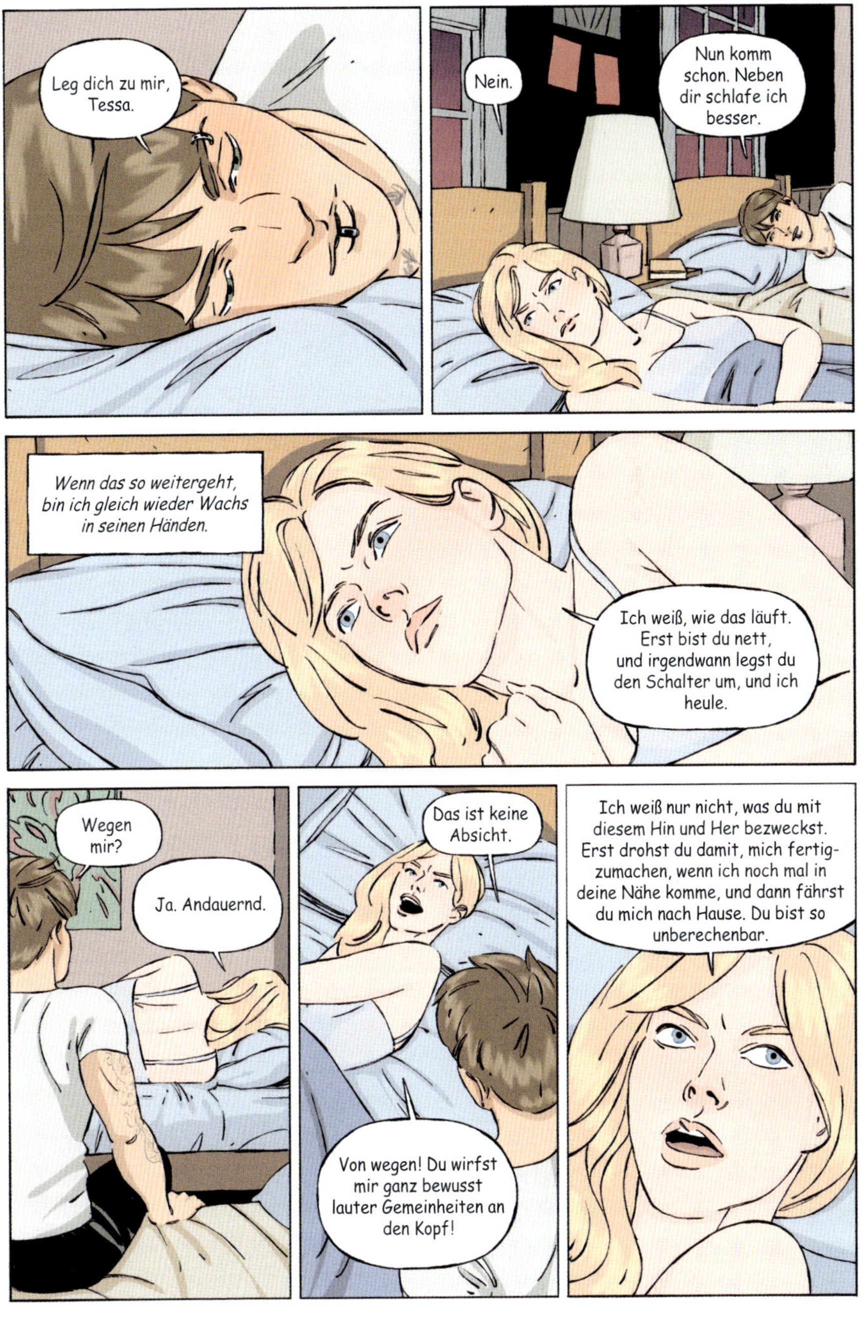
Leg dich zu mir, Tessa.
Nein.
Nun komm schon. Neben dir schlafe ich besser.
Wenn das so weitergeht, bin ich gleich wieder Wachs in seinen Händen.
Ich weiß, wie das läuft. Erst bist du nett, und irgendwann legst du den Schalter um, und ich heule.
Wegen mir?
Ja. Andauernd.
Das ist keine Absicht.
Von wegen! Du wirfst mir ganz bewusst lauter Gemeinheiten an den Kopf!
Ich weiß nur nicht, was du mit diesem Hin und Her bezweckst. Erst drohst du damit, mich fertigzumachen, wenn ich noch mal in deine Nähe komme, und dann fährst du mich nach Hause. Du bist so unberechenbar.

Das mit dem Fertigmachen war nicht so gemeint. Ich war ... Na ja, manchmal rede ich eben Mist.
Warum lässt du den Literaturkurs sausen?
Du hast gesagt, ich soll mich von dir fernhalten. Und du hast recht.
Und warum tust du's nicht?
Keine Ahnung.
Darf ich dich etwas fragen?
Habe ich dir diese Woche gefehlt?
Ja ... ja, das hast du.

Echt?
Ja, echt. Und jetzt muss ich schlafen.
Ich kann nicht einschlafen, wenn du nicht neben mir liegst.
So, jetzt können wir beide schlafen.
Tess? Du hast ...
... mir auch gefehlt.

7:30 am
BZZZ BZZZ
BZZZ BZZZ
Guten Morgen.
Du siehst süß aus, wenn du schläfst.
Warum klingelt dein Wecker? Es ist Samstag!
Ich muss mich nach einem Auto umsehen. Bleib ruhig noch liegen.

Kann ich mitkommen?
Wieso solltest du dir mit mir Autos ansehen wollen?
Nur so. Du tust ja gerade so, als könnte man mir nicht trauen.
Ich wundere mich bloß über deine gute Laune. Und darüber, dass du mich begleiten willst und mich außerdem noch gar nicht beleidigt hast.
Es wird lustig, versprochen. Lass mich dir beweisen, dass ich nett sein kann.
Ist ja nur ein Tag.

Also, darf ich mit? Ich kann dich fahren, dann musst du nicht den Bus nehmen.
Noah macht garantiert Schluss mit mir, wenn er erfährt, dass Hardin die Nacht hier verbracht hat – in meinem Bett.
Okay, meinetwegen. Aber erst muss ich duschen.
Ich auch!
Heute wieder Schwarz? Du gefällst mir in Weiß.
Ja? Und du gefällst mir in dieser Hose – da kommt dein Arsch so gut zur Geltung.

Wir klappern etliche Gebrauchtwagenhändler ab, dann vertage ich die Suche auf ein andermal. In Campusnähe gibt es offenbar keine Autos zu fairen Preisen.
Oh! Frozen Yogurt! Wollen wir?
Im Ernst?
Mmm, lecker.
Hardin?

Äh … hi.
Gleiche Stimme, gleicher Akzent … Das muss Hardins Vater sein.
Hi, ich bin Tessa.
Tag, Tessa. Ich bin Ken Scott, Hardins Dad.
Schön, dich in Begleitung zu sehen, Hardin.
Kommt doch heute Abend zum Essen vorbei. Karen wird uns etwas Leckeres kochen. Du weißt doch, wie gern sie Dinner-Partys gibt, Hardin.
Ich …
Nein, danke. Ich bin schon verplant, und sie hat keine Lust.

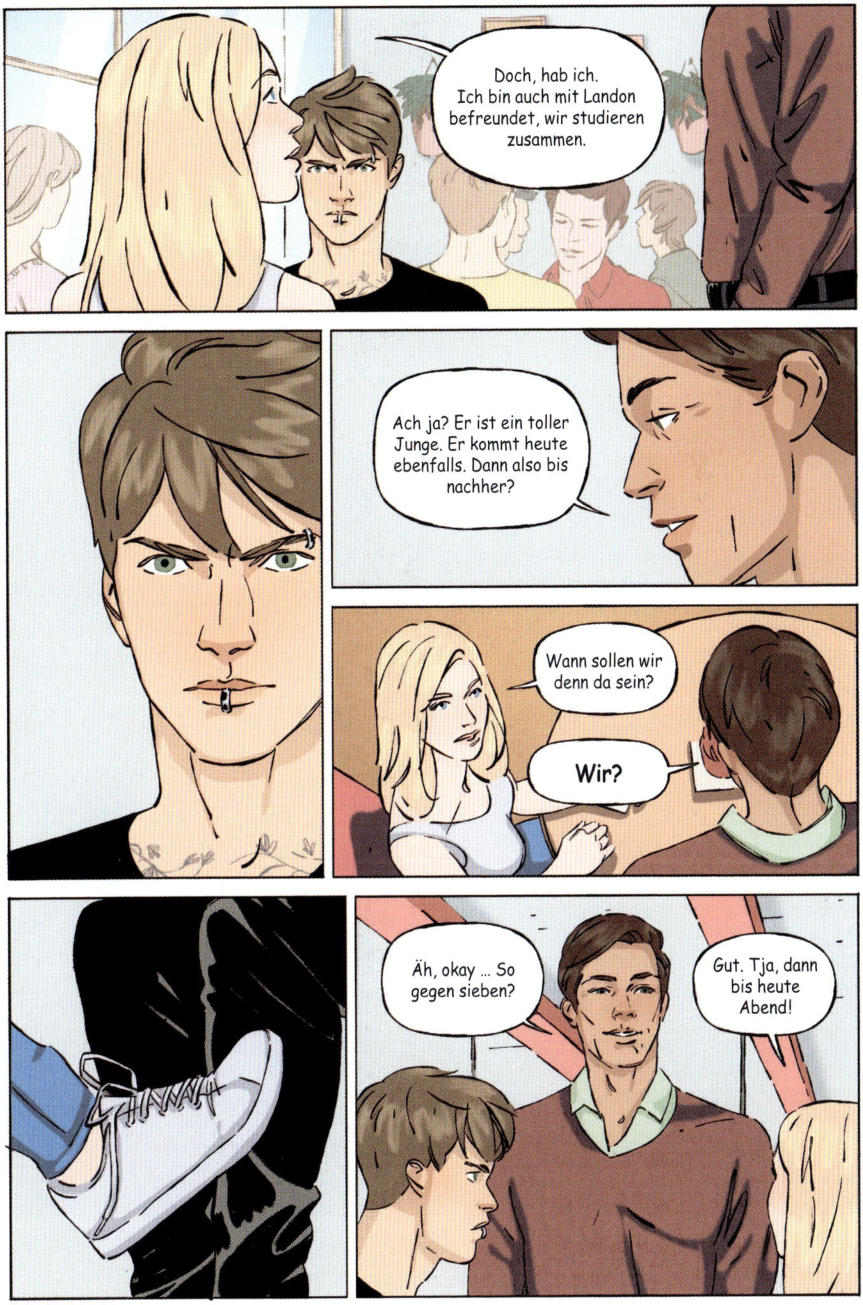
Doch, hab ich. Ich bin auch mit Landon befreundet, wir studieren zusammen.
Ach ja? Er ist ein toller Junge. Er kommt heute ebenfalls. Dann also bis nachher?
Wann sollen wir denn da sein?
Wir?
Äh, okay ... So gegen sieben?
Gut. Tja, dann bis heute Abend!

Tut mir leid ...

Hardin!
Verflucht noch mal, Tessa! Was soll die Scheiße?
Er wollte unbedingt, dass du kommst! Warum bist du so respektlos, wenn er auf dich zugeht?
Auf mich zugeht? Willst du mich verarschen? Das hätte er verdammt noch mal tun sollen, als er damals abgehauen ist!
Hör auf zu fluchen und beruhige dich. Wir machen alle Fehler, Hardin, und ihm liegt sichtlich viel an dir.
Du weißt einen Scheißdreck über ihn!

Er lebt hier in einer gottverdammten Villa, während sich meine Mom zu Tode schuften muss, um über die Runden zu kommen!
Also halt dich raus und kümmere dich um deinen eigenen Mist!
Gut, ich werde mich nicht mehr einmischen, aber ich nehme die Einladung an, ob du nun hingehst oder nicht.
Wag es ja nicht!
Du hast mir gar nichts zu sagen, Hardin. Ich wurde eingeladen, und ich gehe hin.
Ich kann ja mal Zed fragen, ob er mitkommt.

Bist du noch ganz dicht?
Ich frage mich, ob **du** noch ganz dicht bist! Erst beschließt du, dass ich bei meinem Dad zum Dinner antanzen soll, und jetzt willst du Zed mitnehmen?
Ach, verstehe, du hast Schiss – deine coolen Freunde wissen ja noch gar nicht, dass Landon dein Stiefbruder ist …
Er ist nicht mein Stiefbruder, und du weißt genau, warum ich nicht will, dass du Zed mitnimmst.
Schweigen. Ich weiß, dass er nicht richtig sauer ist; seine Reaktion war eher Konkurrenzdenken als echte Angst, ich könnte mich mit Zed einlassen.
Es hat schon ewig niemand mehr für mich gekocht. Das lasse ich mir sicher nicht entgehen. Also, was ist?
Ich will da wirklich nicht hin, Tessa. Glaub mir, ich meide meinen Vater und seine perfekte neue Familie nicht ohne Grund.
Und bist du sauer, wenn ich hingehe?
Ich bin ständig sauer auf dich.
So wie ich auf dich.

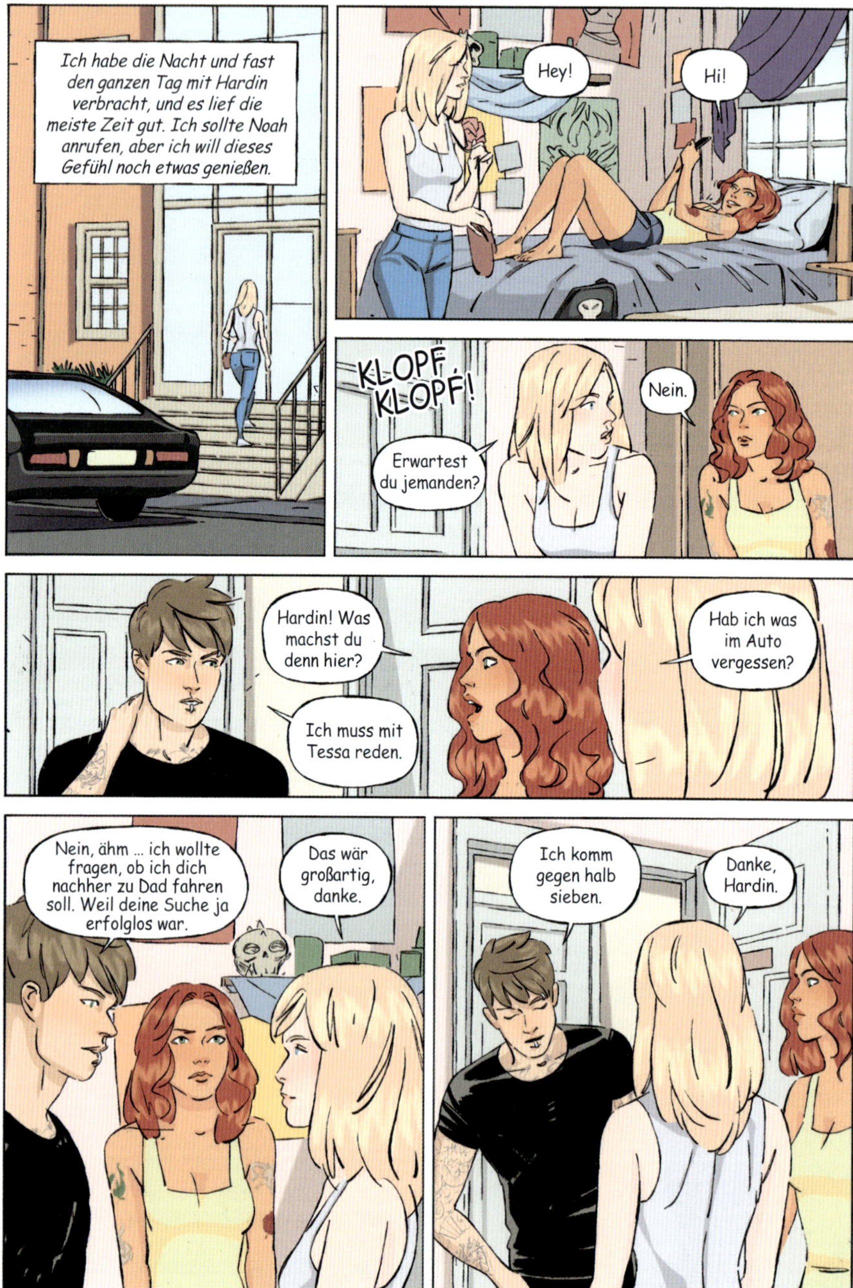
Ich habe die Nacht und fast den ganzen Tag mit Hardin verbracht, und es lief die meiste Zeit gut. Ich sollte Noah anrufen, aber ich will dieses Gefühl noch etwas genießen.
Hey!
Hi!
KLOPF KLOPF!
Erwartest du jemanden?
Nein.
Hardin! Was machst du denn hier?
Ich muss mit Tessa reden.
Hab ich was im Auto vergessen?
Nein, ähm ... ich wollte fragen, ob ich dich nachher zu Dad fahren soll. Weil deine Suche ja erfolglos war.
Das wär großartig, danke.
Ich komm gegen halb sieben.
Danke, Hardin.

Was zum Geier war denn das? Ich meine, du besuchst seinen Dad?! Was hab ich verpasst?
Rummms
Mir scheint, du hast Hardin besser im Griff als die meisten anderen Mädels. Trotzdem, sei vorsichtig, ja?
Er ist es nicht gewohnt, nett zu sein. Zu mir ist er nett, warum auch immer.
Ich frage mich, ob es für ihn ein Spiel ist – will er mir beweisen, dass er sehr wohl Manieren hat? Die Grübelei macht mich wahnsinnig.

Äh, was hast du vor?
Na, was wohl. Ich komme mit.
Im Ernst? Aber du wolltest ...
Jaja. Also, los. Uns erwartet der schlimmste Abend unseres Lebens.
Nochmals danke für die Einladung, Mr. Scott.
Schön, dass ihr gekommen seid, Tessa.
Landon hat uns nur Gutes von dir erzählt. Er mag dich sehr. Bitte nenn mich doch Ken.

Du musst Tessa sein!
Hallo. Es freut mich, Sie kennenzulernen. Sie haben ein tolles Haus.
Die Freude ist ganz meinerseits. Ähm, Ken, hilfst du mir noch kurz in der Küche?
Hardin und du seid also wieder Freunde? Ken glaubt offenbar, ihr seid mehr als das.
Ich bin mit Noah zusammen. Wir -
Seid ihr dann endlich soweit? Ich würd gern noch dieses Jahr essen.
Wenn er sich nicht benimmt, bring ich ihn um!

Na, Tessa, wie findest du's bislang an der Washington Central?
Also, bis jetzt total super.
Ist ja großartig, so nah an der WCU zu leben…
Wir fühlen uns sehr wohl hier, ja. Das Haus hat uns sofort gefallen. Wir haben es gefunden, nachdem Ken Rektor wurde.
Rektor? An der WCU?
Ja. Hat Hardin das nie erwähnt?
Nein, wozu auch? Ich bin verdammt noch mal nicht auf seinen Titel oder seine Stellung angewiesen!
Ich hatte keine Ahnung, tut mir sehr leid …
Das muss es nicht. Du kannst nichts für sein Verhalten.

Hardin ...
Du kannst dir die Mühe sparen, Tessa, ich werd mich garantiert nicht bei ihnen entschuldigen. Also lass mich verdammt noch mal in Ruhe.
Warum bin ich noch gleich hier? *Ach ja, ich bin Hardins Punching Ball.*
Gut. Ich frage mich ohnehin, wozu ich meine Zeit an dich vergeude!
Du hast es gar nicht verdient! Du ruinierst einfach alles! Ich mach das nicht mehr länger mit!

Tess, du hast recht ...
Tessa??
Er kommt schon klar. Lass uns reingehen.

Sorry, dass ich ausgetickt bin. Lag nicht an dir.
Schon okay, Hardin. Lass uns weiteressen und den Abend genießen, ja?
Das Essen ist köstlich.
Und, Tessa, was hast du nach dem College vor?
Ich will nach Seattle, um in einem Verlag zu arbeiten und ein Buch zu schreiben.
Ich kenne jemanden bei Vance Publishing. Wenn du willst, rufe ich ihn an und frage, ob du ein Praktikum dort machen kannst.
Echt? Das wäre sehr nett!
Entschuldigt mich.

Karen bedankt sich lächelnd für meine Hilfe beim Aufräumen. Kein Wunder, dass Landon so freundlich und umgänglich ist, bei der Mutter.
Darf ich fragen, wie lange ihr schon zusammen seid, Hardin und du?
Wir kennen uns seit etwa einem Monat. Er ist mit meiner Mitbewohnerin Steph befreundet.
Wir haben schon einige seiner Freunde kennengelernt. Du bist ... ganz anders als sie.
Er ist nicht so garstig, wie er tut. Er ist bloß verletzt. Es wundert mich, dass er gekommen ist.
Ich nehme an, das ist dein guter Einfluss ... Danke!

Da ich Landon nirgends entdecken kann, gehe ich nach oben zu Hardins Zimmer.
Klopf, Klopf!
Alles okay? Bist du etwa sauer wegen des Prakti-kums?
Ich will nicht, dass Dad dir hilft. Ich hatte es dir zuerst angeboten.
Es ist doch kein Wettbewerb!
Soll ich gehen? Ich rufe Steph an und frage, ob Tristan mich abholen kann.
Gehen? *Wieso?* Ich hab doch nur gesagt, dass ich derjenige sein will, der dir hilft. Du machst mich irre.

Ich halte deine Hand, ich versuche dir zu sagen, dass ich … dir helfen will, aber du … du kapierst es einfach nicht.
Was, Hardin?
Dass ich **dich will**, mehr als alles, was ich in meinem ganzen Leben je gewollt habe.
Ich weiß, du fühlst nicht dasselbe, aber …
Küss mich, Hardin.
Er sagt, er will mich, und ich gehöre ihm. Schon seit ich ihn das erste Mal geküsst habe. Ich würde alles mit ihm tun. Absolut alles. Die Konsequenzen sind mir völlig egal.

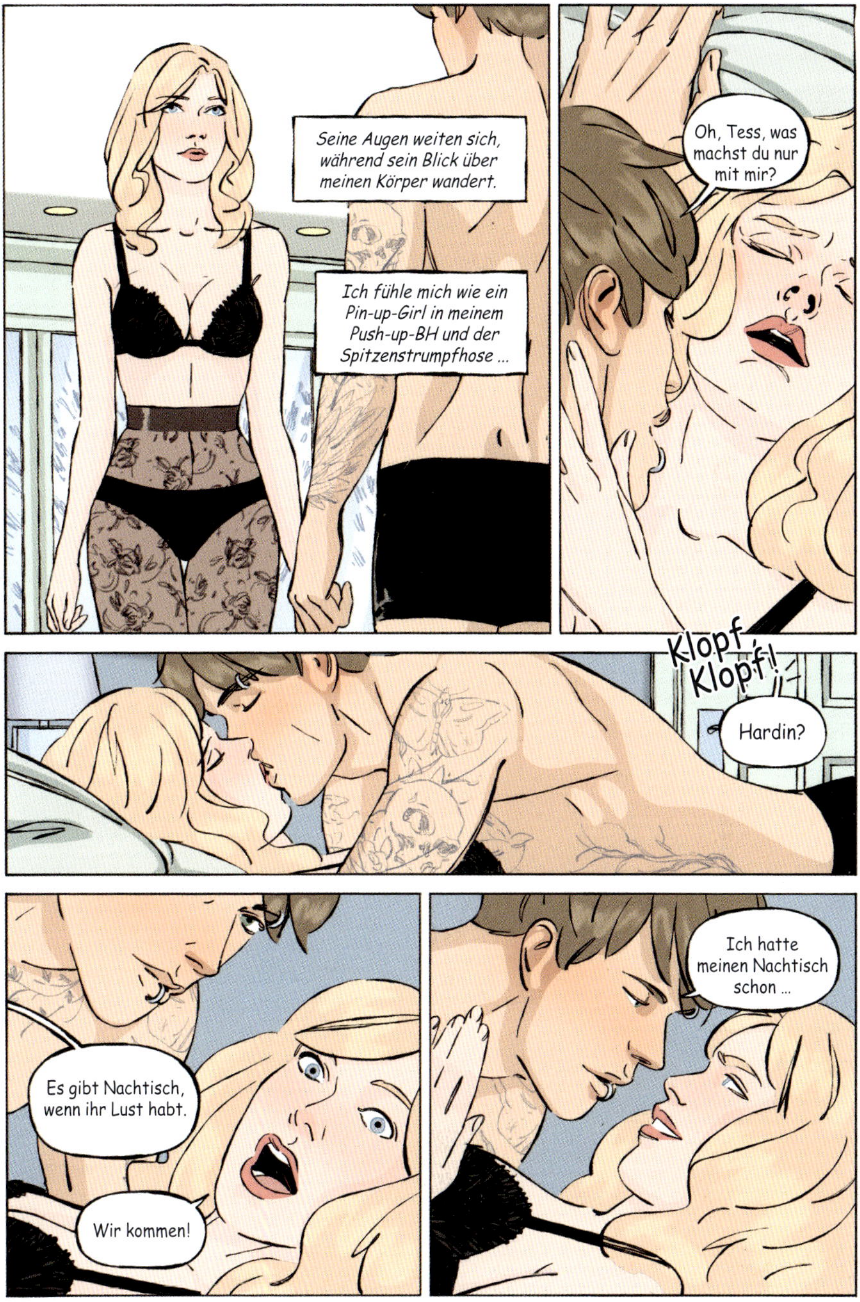
Seine Augen weiten sich, während sein Blick über meinen Körper wandert.
Ich fühle mich wie ein Pin-up-Girl in meinem Push-up-BH und der Spitzenstrumpfhose ...
Oh, Tess, was machst du nur mit mir?
Klopf, Klopf!
Hardin?
Es gibt Nachtisch, wenn ihr Lust habt.
Wir kommen!
Ich hatte meinen Nachtisch schon ...

Es ist schön, Hardin hier zu haben.
Wir sind froh, dass er glücklich ist.
Weißt du, Tessa, es ist toll, ihn so verliebt zu erleben. Er wirkte immer so zornig.
Sie glauben, er ist mit mir **glücklich**? Ken kennt seinen Sohn offenbar überhaupt nicht.
Wir sollten los. Ich muss Tessa zurück zum Wohnheim bringen.
Bleibt lieber hier. Draußen tobt ein Unwetter, und wir haben reichlich Platz. Ich zeige Tessa das Gästezimmer. Oder möchtest du in Hardins Zimmer schlafen?
Ich hätte gern ein eigenes, wenn das okay ist.
Hardin wäre es anders sichtlich lieber – eine erregende Vorstellung, aber mir ist nicht wohl dabei, jetzt, da Ken und Karen hier sind.

Darf ich reinkommen?
Hast du alles?
Landon, es tut mir leid, dass du so von Hardin und mir erfahren hast ...
Ich schäme mich, weil ich Noah betrüge, aber ich schaffe es einfach nicht, mich von Hardin fernzuhalten. Ich bin so verwirrt.
Ich verurteile dich nicht, Tessa. Ich war bloß überrascht, dass ihr geknutscht habt, statt euch anzubrüllen.
Du bist mir also nicht böse?
Nein, ich bin bloß besorgt. Ich will nicht, dass er dir wehtut. Und ich fürchte, das wird er. Ich sage das nicht gern, aber ich muss dich warnen, wir sind schließlich Freunde.
Und wie geht es jetzt mit Noah weiter?
Keine Ahnung ... Wenn ich mit ihm Schluss mache, bereue ich es bestimmt bald, aber alles andere wäre unfair. Ich brauche nur noch etwas Zeit.
Verstehe. Tja, dann ... Gute Nacht, Tessa.
Danke, Landon. Gute Nacht!

Nein!!
Nein! Bitte ...
Hardin?
Nein,
NEIN!
Hardin ...
Hardin,
wach auf!
Hey ... ist
alles okay?
Tess ...

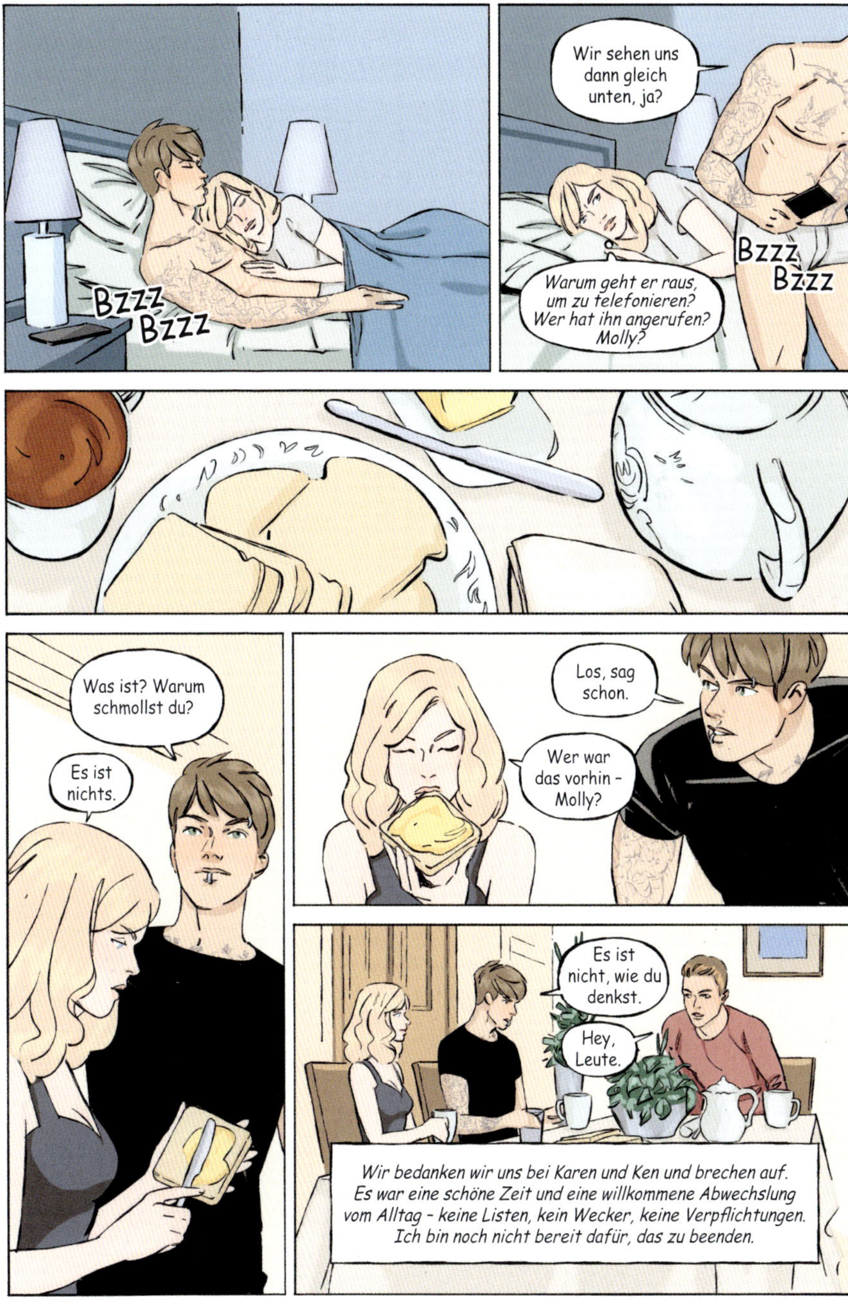
Bzzz
Bzzz
Wir sehen uns dann gleich unten, ja?
Warum geht er raus, um zu telefonieren? Wer hat ihn angerufen? Molly?
Bzzz
Bzzz
Was ist? Warum schmollst du?
Es ist nichts.
Los, sag schon.
Wer war das vorhin – Molly?
Es ist nicht, wie du denkst.
Hey, Leute.
Wir bedanken wir uns bei Karen und Ken und brechen auf. Es war eine schöne Zeit und eine willkommene Abwechslung vom Alltag – keine Listen, kein Wecker, keine Verpflichtungen. Ich bin noch nicht bereit dafür, das zu beenden.

Bei der Fahrt ist die Stimmung gereizt.
Bist du noch sauer?
Nein, wieso auch? Ist mir doch egal, wenn du mich absetzt, um dich mit Molly zu treffen.
Das hab ich nicht vor. Nicht dass es dich etwas anginge.
So? Was wollte sie dann? Ach egal, ich wusste, dass es so kommen würde.
Und, ignorierst du mich jetzt wieder die ganze Woche, nur um am Wochenende wieder in meinem Bett zu landen?
Wie bitte?!
Tessa!
Tessa, was ist passiert? Wo warst du?
O Gott, Noah, nicht jetzt …

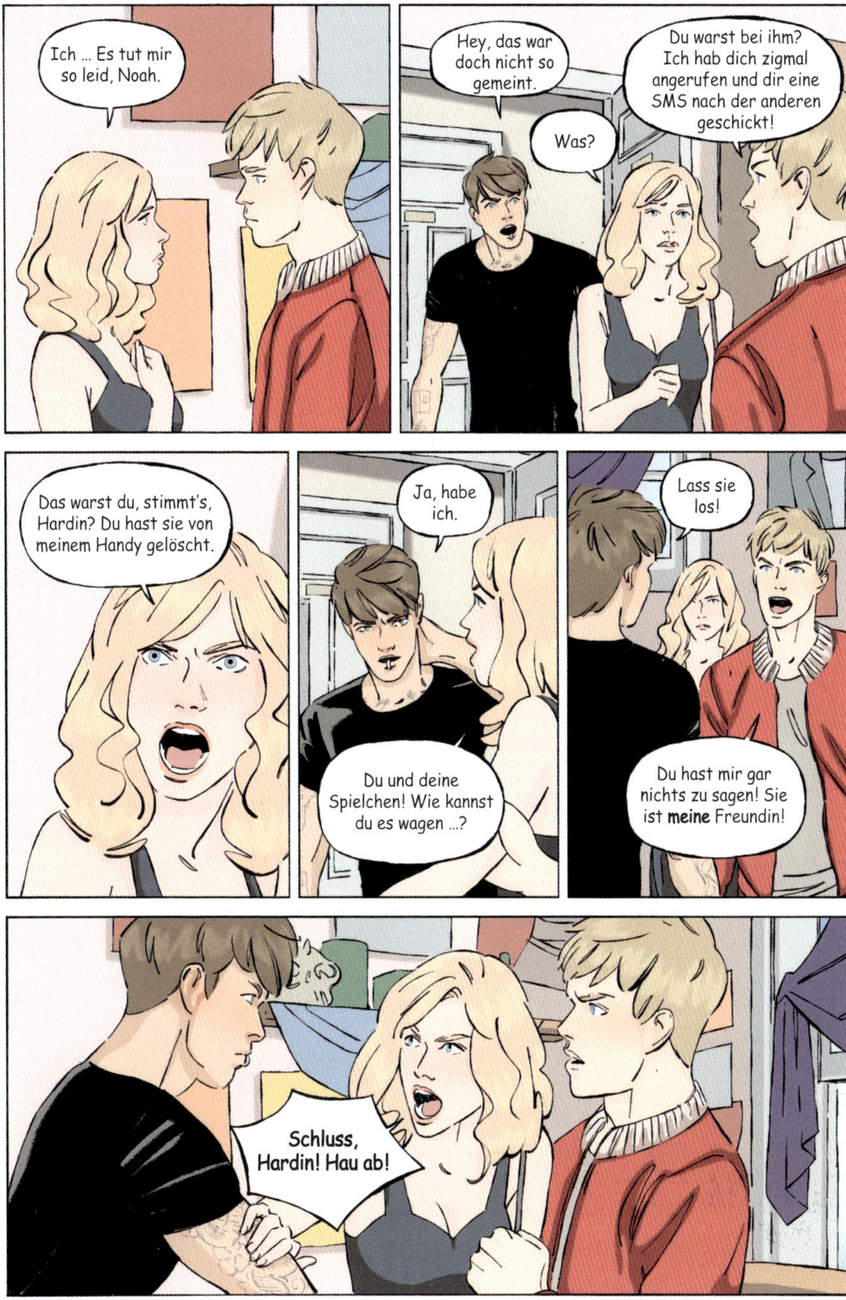
Ich ... Es tut mir so leid, Noah.
Hey, das war doch nicht so gemeint.
Du warst bei ihm? Ich hab dich zigmal angerufen und dir eine SMS nach der anderen geschickt!
Was?
Das warst du, stimmt's, Hardin? Du hast sie von meinem Handy gelöscht.
Ja, habe ich.
Du und deine Spielchen! Wie kannst du es wagen ...?
Lass sie los!
Du hast mir gar nichts zu sagen! Sie ist **meine** Freundin!
Schluss, Hardin! Hau ab!

Nein, diesmal gehe ich nicht, Tess. Das habe ich schon zu oft getan.
Los, wirf ihn raus, Tessa!
Bitte, gib mir noch eine Chance! Nur noch diese eine. Ich weiß, du hast mir schon so oft verziehen, aber … bitte, Tess.
Schnauze!
Warum sollte ich, Hardin? Ich habe dir eine Chance nach der anderen gegeben. Ich … ich kann nicht mehr.
Weil du meine besten Seiten zum Vorschein bringst. Ich … ich will dir das Gefühl geben, dass ich dich verdiene. Ich will, dass du mich so begehrst wie ich dich.
Ich brauche dich. Ich weiß, ich bin manchmal grausam … okay, andauernd, aber ich kenne eben nichts anderes. Ich bin schon ewig so, und ich wollte nie anders sein. Bis jetzt.
Bis ich dir begegnet bin.
Fortsetzung folgt …

ZUSATZMATERIAL
UND EIN BLICK HINTER DIE KULISSEN

VON *AFTER PASSION TEIL 1*

AUTORIN ANNA TODD ÜBER DIE ADAPTION VON *AFTER PASSION* ALS GRAPHIC NOVEL

Hey, Leute, hier ist Anna, und ich freue mich riesig, dass wir ein weiteres Buch in unserer Sammlung feiern können!

Danke, dass ihr mich weiterhin auf dieser Reise begleitet.

Die Rückkehr zu dieser Geschichte, die wir alle so sehr lieben, war mir eine Ehre und hat mir viel Spaß gemacht.

Sie hat mich nicht nur kreativ gefordert, es war auch cool, die Geschichte in ein neues Medium zu übertragen. Ich liebe Retellings, und ich freue mich sehr darauf, meine Story noch einmal zu erzählen, und zwar auf eine ganz neue, frische Weise.

Die Idee zur Graphic Novel wurde mir vor Jahren von einem meiner lieben Verleger unterbreitet, und anfangs war ich zögerlich. Ich wollte meinen Aufenthalt im *Afterverse* nicht zu lange ausreizen, ha-ha, aber inspiriert von eurer Unterstützung und eurer Liebe für diese Figuren haben wir Hunderte von Stunden gearbeitet, um für euch etwas Besonderes zu kreieren. Ich habe mir die Essenz der Geschichte in Erinnerung gerufen und die Szenen, die euch am wichtigsten sind, und ich hoffe, dass ihr Hardins und Tessas Liebe gerne noch einmal erlebt.

Die Arbeit an der Graphic Novel begann mit Skizzen von Tessa und Hardin, und als ich sie sah, schmolz mein Herz dahin. Das Buch erwachte auf völlig neue Weise zum Leben, und die Begegnung der beiden, ihre ersten gemeinsamen Erfahrungen fühlten sich so vertraut und doch ganz neu an. Ich hoffe, ihr werdet mit ihnen lachen und weinen.

Beim Schreiben an der Graphic Novel habe ich meine Geschichte zum ersten Mal in ein Kurzformat gebracht, und obwohl es eine Herausforderung war, habe ich viel gelernt und mich in diese Form des Geschichtenerzählens verliebt. Es fühlt sich an, als würden wir uns gemeinsam auf ein neues Abenteuer begeben, und ich bin überglücklich, dass der erste Band jetzt in euren Händen liegt!

Ich danke euch aus tiefstem Herzen für eure anhaltende Unterstützung und Liebe! Lasst uns auf ein weiteres gemeinsames Projekt anstoßen. Ihr seid die BESTE Fangemeinde.

Auf viele, viele weitere gemeinsame Geschichten!

Und an die neuen Leser, die dieses Buch in die Hand nehmen: Ich hoffe, dass diese Geschichte euch in ihren Bann zieht und euer Leben ein kleines bisschen verändert. Wenn sie euch auch nur ein Lächeln auf die Lippen zaubert oder euch eine kurze Flucht aus dieser hektischen Welt ermöglicht, ist meine Pflicht erfüllt.

Anna Todd xo

STECKBRIEFE DER CHARAKTERE

NAME: THERESA LYNN YOUNG
SPITZNAME: TESSA, TESS
GEBURTSTAG: 19. DEZEMBER
ALTER: 19
STERNZEICHEN: SCHÜTZE
HEIMATSTADT: RICHLAND, WASHINGTON
HAUPTFACH: ENGLISCHE LITERATUR
HOBBYS: LESEN, BACKEN, MUSIK HÖREN, GARTENARBEIT, DIE EIGENE ZUKUNFT PLANEN

NAME: HARDIN ALLEN SCOTT
GEBURTSTAG: 5. FEBRUAR
ALTER: 20
STERNZEICHEN: WASSERMANN
HEIMATSTADT: LONDON, ENGLAND
HAUPTFACH: ENGLISCHE LITERATUR
HOBBYS: LESEN VON KLASSISCHER LITERATUR, REDIGIEREN, MUSIK HÖREN, OLDTIMER FAHREN, VIELE, VIELE MÄDCHEN ABSCHLEPPEN

NAME: STEPHANIE JONES
SPITZNAME: STEPH
GEBURTSTAG: 1. MAI
ALTER: 20
STERNZEICHEN: STIER
HEIMATSTADT: NEW ORLEANS, LOUISIANA
HAUPTFACH: NOCH UNENTSCHLOSSEN, HAT BEREITS ZWEIMAL DAS STUDIENFACH GEWECHSELT, MOMENTAN MARKETING
HOBBYS: PARTYS, MAKE-UP, TATTOOS, GEDICHTE LESEN

NAME: NOAH PORTER
GEBURTSTAG: 25. JULI
ALTER: 18
STERNZEICHEN: LÖWE
HEIMATSTADT: RICHLAND, WASHINGTON
HAUPTFACH: IM LETZTEN JAHR AUF DER HIGHSCHOOL
HOBBYS: JOGGEN, FUSSBALL, NETFLIX GUCKEN

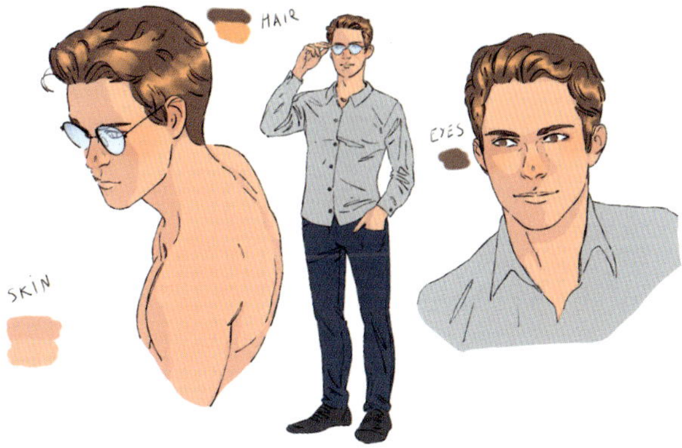

NAME: LANDON GIBSON
GEBURTSTAG: 29. AUGUST
ALTER: 19
STERNZEICHEN: JUNGFRAU
HEIMATSTADT: SAGINAW, MICHIGAN
HAUPTFACH: LEHRAMT
HOBBYS: FANTASYROMANE LESEN, *HERR DER RINGE* UND *HARRY POTTER* GUCKEN (VIEL ZU OFT), BESONDERE LATTE-KREATIONEN

NAME: ZED EVANS
GEBURTSTAG: 1. DEZEMBER
ALTER: 21
STERNZEICHEN: SCHÜTZE
HEIMATSTADT: ORLANDO, FLORIDA
HAUPTFACH: BOTANIK, UMWELTSTUDIEN
HOBBYS: BLUMEN (SOWOHL AUS WISSENSCHAFTLICHER SICHT ALS AUCH IN DER FREIZEIT), PARTYS, TATTOOS, MUSIK HÖREN, GRAS RAUCHEN

NAME: MOLLY SAMUELS
GEBURTSTAG: 23. AUGUST
ALTER: 20
STERNZEICHEN: JUNGFRAU
HEIMATSTADT: PHILADELPHIA, PENNSYLVANIA
HAUPTFACH: BUSINESS/MARKETING
HOBBYS: GRAS RAUCHEN, SICH MIT JUNGS TREFFEN, PARTYS, AUF DER RÜCKSEITE IHRER LEHRBÜCHER HERUMKRITZELN

NAME: TRISTAN THOMAS
GEBURTSTAG: 21. MÄRZ
ALTER: 20
STERNZEICHEN: WIDDER
HEIMATSTADT: INDIANAPOLIS, INDIANA
HAUPTFACH: KUNSTGESCHICHTE
HOBBYS: CHERRY WODKA SOURS, STERNE GUCKEN, GITARRE SPIELEN, TATTOOS

NAME: NATHAN BRYSON
SPITZNAME: NATE
GEBURTSTAG: 5. NOVEMBER
ALTER: 21
STERNZEICHEN: SKORPION
HEIMATSTADT: ATLANTA, GEORGIA
HAUPTFACH: KUNSTGESCHICHTE
HOBBYS: FREUNDE TÄTOWIEREN, PARTYS

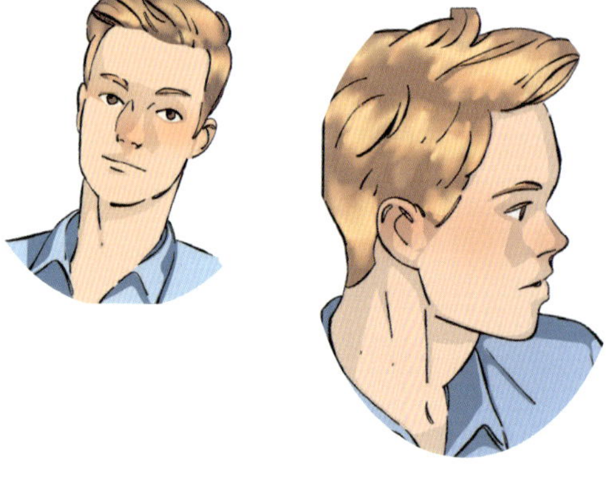

LERNT AUCH DIE ELTERN KENNEN!

NAME: CAROL YOUNG
GEBURTSTAG: 30. OKTOBER
ALTER: 42
STERNZEICHEN: SKORPION
HEIMATSTADT: PULLMAN, WASHINGTON
BERUF: IMMOBILIENMAKLERIN
HOBBYS: GRÖSSTER FAN VON *THE REAL HOUSEWIVES*, HELIKOPTER-MUTTER SEIN, QVC SCHAUEN, SHOPPEN GEHEN

NAME: KENNETH SCOTT
SPITZNAME: KEN
GEBURTSTAG: 1. MAI
ALTER: 41
STERNZEICHEN: STIER
HEIMATSTADT: LONDON, ENGLAND
BERUF: LEITER DER WCU
HOBBYS: WISSENSCHAFTEN, FUSSBALL, EISHOCKEY, MIT SEINER VERLOBTEN VERREISEN, BOOTFAHREN

NAME: KAREN GIBSON
GEBURTSTAG: 1. MÄRZ
ALTER: 43
STERNZEICHEN: FISCHE
HEIMATSTADT: SAGINAW, MICHIGAN
BERUF: HAUSFRAU UND MUTTER
HOBBYS: KOCHEN, BACKEN, DINNERPARTYS SCHMEISSEN, FREIWILLIGES SOZIALES ENGAGEMENT, ARBEIT IM GEWÄCHSHAUS, IHRE HOCHZEIT MIT KEN PLANEN

EIN BLICK HINTER DIE KULISSEN

ILLUSTRATOR PABLO ANDRÉS ÜBER DEN KÜNSTLERISCHEN PROZESS BEI DER GRAPHIC NOVEL VON *AFTER PASSION TEIL 1*

Normalerweise wechsle ich bei meiner Arbeit zwischen Bleistift und Papier und digitalem Zeichnen, vor allem in der Anfangsphase eines Projekts. Aber bei diesem Buch war der Zeichenprozess komplett digital, von den ersten Skizzen bis zum allerletzten Strich. Ich arbeite mit Clip Studio Paint auf einem Cintiq 22HD.

Es begleitet mich viele, viele Stunden täglich.

Zuerst sammle ich alle Informationen, die ich über die Figuren finden kann, von allgemeinen Angaben bis hin zu spezifischen Details, und ich höre sogar die Musik, die Anna zu den Figuren inspiriert hat. Ich nutze alles, was mir zur Verfügung steht! Und dann fange ich an zu zeichnen. Normalerweise mache ich nicht allzu viele Skizzen, nur die, die notwendig sind, um das Wesentliche zu erfassen. Sie sind noch nicht final ausgearbeitet, sodass die Zeichnungen, wenn ich zum Strich gehe, nicht an Frische verlieren.

Tessa war eine der schwierigsten Figuren. Obwohl ihr Kernkonzept klar war, habe ich mehrere Versuche gebraucht, bis ich wusste, wie sie in diesem Buch aussehen sollte. Ihr Charakter entwickelt sich im Laufe der Geschichte stark, und es war eine Herausforderung, diese Veränderungen optisch einzufangen.

Bei Hardins frühen Entwürfen – hochgegeltes Haar, klare Stirn, schärfere und härtere Konturen – wollte ich eine Silhouette entwerfen, die im klaren Gegensatz zu Noahs steht: Haare nach unten gebürstet, sanftere Formen und weichere Konturen. Es schien mir interessant, mit diesem Kontrast zu spielen, um den Antagonismus der beiden Charaktere visuell zu unterstreichen. Zusätzlich wollte ich durch Hardins grundsätzlich schwarze Kleidung einen weiteren Gegensatz zum Rest der Figuren und auch zur Umgebung schaffen.

Nachdem die Figuren stehen, beginne ich in der Regel direkt mit dem Zeichnen des Storyboards.

Ich entdecke gerne das Verhalten und die Charaktereigenschaften der Figuren in Situationen, die auf der jeweiligen Seite zum Leben erweckt werden.

SZENENENTWICKLUNG

STORYBOARDS bieten einen ersten visuellen Überblick und sind so aufgebaut, wie das Auge der Leser*innen die Handlung auf der jeweiligen Seite verfolgt. Überlegt werden muss unter anderem, wann man Seitenwechsel einfügt und wo Platz für Sprechblasen und Erzähltext ist.

TUSCHEN ist der nächste Schritt, nachdem die Storyboards genehmigt worden sind.
Diese endgültige Strichzeichnung spiegelt die Planung, die in den Storyboards festgelegt wurde, wider, natürlich unter Berücksichtigung aller Änderungen und Anpassungen.
In der Graphic Novel zu *After passion Teil 1* wurde durch die starke Verwendung von Schwarz in diesem Prozess auch zum ersten Mal deutlich, wie sehr sich Hardin visuell abhebt.

Die Strichzeichnungen werden durch **FARBEN** ergänzt, um Tessa, Hardin und ihrer Welt schließlich mehr Farbe und Dimension zu geben. Die Haut- und Haarfarben der Charaktere wurden bereits im Vorfeld festgelegt, und die Hintergründe (Räume und die Umgebung, in der sich die Figuren bewegen) werden durch die Farben richtig mit Leben gefüllt. Dadurch bekommen die einzelnen Szenen eine Dynamik. Die Farben wurden von dem Künstler Werner Sánchez und seinem Team hinzugefügt, und das Lettern hat Jay Flores-Holz übernommen.

DIE ENTWICKLUNG DER ILLUSTRATIONEN EINIGER SCHLÜSSELSZENEN

Setz dich hin, dann helf ich dir rein.
Warum nur reagiert mein Körper so auf jede seiner Berührungen?
Ohne das T-Shirt wär's garantiert bequemer …
Vergiss es. Und jetzt zu meiner Frage: Wen liebst du auf der ganzen Welt am allermeisten?
Mich selbst.
Das glaub ich dir nicht. Was ist mit deinen Eltern?
Über die will ich nicht reden.

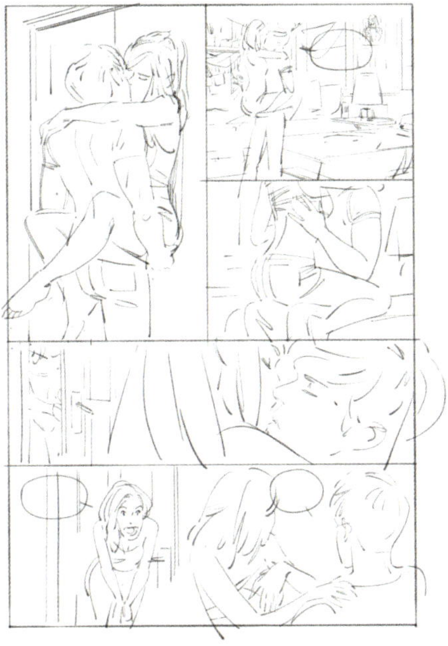

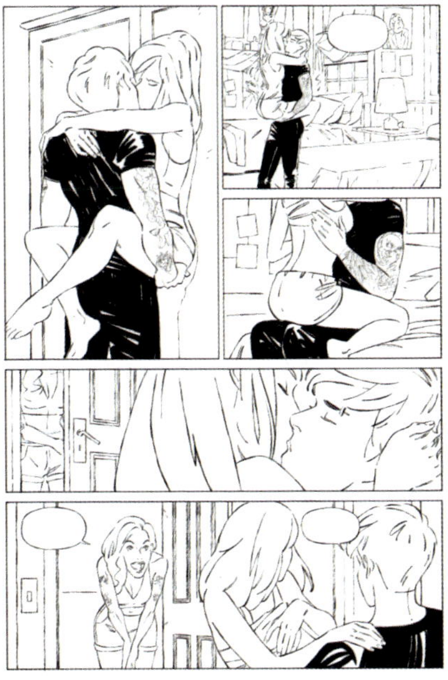

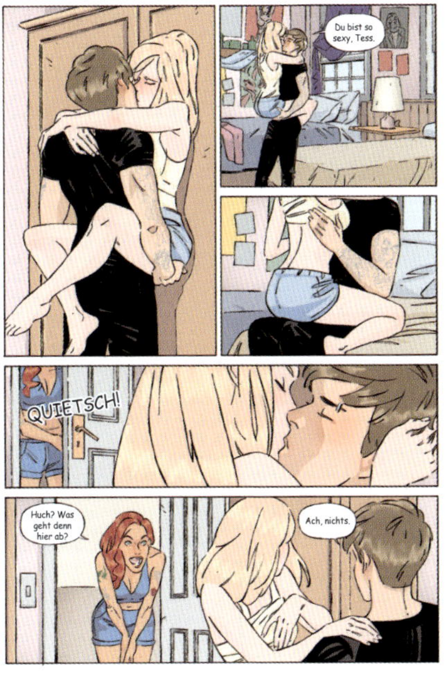
Du bist so sexy, Tess.
QUIETSCH!
Huch? Was geht denn hier ab?
Ach, nichts.

EIN ERSTER BLICK AUF

AFTER PASSION TEIL 2 …